Hauptkommissar Häcker

Gerd Raguß

Gerd Raguß

Hauptkommissar Häcker

Die Verfolgung des Umweltaktivisten

Shaker Media

Bibliografische Information der Deutschen Nationalbibliothek
Die Deutsche Nationalbibliothek verzeichnet diese Publikation in der Deutschen Nationalbibliografie; detaillierte bibliografische Daten sind im Internet über http://dnb.d-nb.de abrufbar.

Buchsatz: Ramona Schreiber, Shaker Media GmbH
Covergestaltung: Pargol Kheirani, Shaker Media GmbH
Coverbilder:©Usman, Adobe Stock (622420231)

Dieses Buch enthält eine Erzählung. Personen und Handlungen sind frei erfunden. Ähnlichkeiten mit lebenden und toten Personen sind nicht gewollt und rein zufällig.

Printed in Germany.

ISBN 978-3-98903-067-1

Shaker Media GmbH • Am Langen Graben 15a • 52353 Düren
Telefon: 02421 / 99 0 11 - 40 • Telefax: 02421 / 99 0 11 - 49
Internet: www.shaker-media.de • E-Mail: info@shaker-media.de

Inhalt

Hauptpersonen im Buch, nach Bedeutung sortiert, **fett** der Vor- oder Familienname der **überwiegend** verwendet wird.

Häcker, Manfred
Tarnname des Zielfahnders, vormals verdeckter Ermittler unter dem Namen **Deutsch, Hartmut**, geborener **Neubert, Udo**.

Hein, **Imken**
Einwohnerin in Ostholstein, gläubig, ledig.

Zimmermann, **Michael**
Geheimnisvoller Fremder, sagt er sei von Gott gesandt, um die Schöpfung zu retten.

Gottwald, Manfred
Pfarrer der Basilika Altenkrempe.

Bruno, **Maria**
Tochter des wegen Drogenhandels und Zugehörigkeit zu einer kriminellen Vereinigung verurteilten **Adalberto Bruno**.

Daverkausen, Dr. med **Liliane**
Psychiaterin auf einer geschlossenen Station in einem Krankenhaus für psychisch Kranke.

Firmnich, Dr. med
Psychiater und Vorgesetzter von Dr. Daverkausen, Stationsleiter.

Fontana, Ernesto
Oberhaupt einer kriminellen Familie, die mit der Familie Bruno verschwägert ist.

Fontana, Eduardo
Ältester Sohn von Ernesto.

Fontana, Giovanni
Jüngster Sohn von Ernesto und Verehrer von Maria Bruno, wird in Italien gesucht und nennt sich in Deutschland **Rossi** und später **Balboni**.

Funke, Helmut
Kriminaldirektor und Vorgesetzter von Hauptkommissar Häcker.

Knudsen, Nils
Mitarbeiter eines Werbeblattes und selbsternannter Journalist.

Mutig, Jakob
Mitarbeiter eines Fischereiverbandes.

Fischerknecht, Urs
Vertreter der Fischereiindustrie.

Kapitel 1
Prolog

1.1. Toskana

„Wir sind doch nur ein Staubkorn in diesem gigantischen Universum“, hatte er gesagt, während er, bequem auf der Terrasse der Casa Montelodoli liegend, in den wolkenlosen Nachthimmel schaute.
Sie lag neben ihm, hatte seine Hand gehalten und geschwiegen.
Ihm war nach Reden: „Noch nie habe ich so viele Sterne gesehen. Noch nie war der Himmel so klar und kalt.“
„Kalt“
„Ja kalt. Ich habe eine Gänsehaut bei dem Gedanken, dass wir hier auf unserer kleinen Erde leben, allein inmitten dieser ganzen unbewohnten leblosen Planeten.
Gut, dass du meine Hand hältst, sonst fühlte ich mich noch verlorener.“
Sie hatte abrupt gefragt: „Glaubst du nicht an Gott?“
Unsicher, aber in dem vollen Bewusstsein, dass neben ihm eine tief gläubige Italienerin liege, hatte er nur geflüstert: „Doch!“
Er wechselte das Thema: „Schade, dass wir schon Morgen abreisen. Ich werde dieses Haus vermissen, den Blick über Siena hinaus nach Westen zu den bombastischen Sonnenuntergängen.“
Sie hatte ihn angesehen:
„Und den Haustrunk werden wir auch vermissen. Nur heute im Ristorante Badia A. Coltibuono in Gaiole haben wir einen Wein gleicher Qualität bekommen.“
Er hatte zustimmend genickt.

„Ich wüsste gerne, welches Etikett dieser Wein bei normalem Verkauf trägt und vor allem den Verkaufspreis; sicher nicht die 8 € pro Flasche, die wir dem Hausbetreuer zahlen."
Er sprach nur bruchstückhaft Italienisch, eigentlich hatte er nur versunkene Kenntnisse aus dem großen Latinum, die gelegentlich bei Texten, nie aber beim Sprechen halfen. Außerdem sprachen die Italiener aus seiner Sicht zu schnell. Da war es von Vorteil, eine native Speakerin an seiner Seite zu wissen. Auch über den Haustrunk schien sie mit einem Einheimischen gesprochen zu haben, ohne dass er den Inhalt des Gesprächs verstanden hatte.

„Er hat gesagt, sein Vater sei Kellermeister im hiesigen Weingut. Der wird schon wissen, welchen Wein er als Deputat mit nach Hause nimmt. Vielleicht stellen die Winzer für den privaten Genuss auch eine eigene Abfüllung in kleinen Fässern her, nach der ursprünglichen Mixtur des Chianti aus Sangiovese, Malvasia und Canaiolo oder den „Reserva" nur aus den roten Trauben ohne den weißen Malvasia.
Später hatte man den billigeren Trebbiano hinzugemischt. Heute wird wieder mehr auf Qualität geachtet und dessen Anteil auf maximal 10% begrenzt.
Tatsache aber ist, dass der Chianti hier erfunden worden ist, oben im Schloss Brolio."

Maria Bruno war nicht nur die beste Fremdenführerin, die er, Hartmut Deutsch, sich vorstellen konnte.
Sie war eine schlanke Schönheit, typisch Italienerin, die viel Wert auf ein attraktives Erscheinungsbild legte. Stets war sie in

der zum Anlass passenden Garderobe gut und geschmackvoll gekleidet, ohne arrogant oder unnahbar zu wirken.
Wenn der Wind durch ihre lockigen braunen Haare strich, ihre samtweiche braungebrannte Haut ihn betörte oder ihre braunen Augen ihn ansahen, war er ihr hilflos verfallen.
Schon bei der ersten flüchtigen Begegnung war es passiert: Amors Pfeile hatten Maria und ihn, Hartmut Deutsch, gleichzeitig getroffen.
Sie hätte das niemals sofort zugegeben und sie hatte es ihm nicht einfach gemacht. Immer wenn er glaubte, es sei an der Zeit, Zärtlichkeiten auszutauschen, hatte sie sich ihm lächelnd entzogen.
Bis zu jenem Tag, an dem sie zusammen mit ihren Freunden und Bekannten um ein Lagerfeuer saßen, Maria rechts von ihm und ein anderes Mädchen namens Roswitha links von ihm. Roswitha war an Hartmut Deutsch interessiert, während Hartmut nur Augen für Maria hatte.
Roswitha war fest entschlossen, Hartmut für sich zu gewinnen und legte ihre warme rechte Hand auf Hartmuts linken Oberschenkel, auf die Innenseite, weit oben.
Bevor Hartmut erfasste, was ihm geschah, schlug Maria heftig auf Roswithas Hand und schrie diese an: „Lass das, der gehört zu mir!"
Zum Beweis ihres Besitzanspruchs küsste Maria Hartmut heftig auf den Mund.
Der erwiderte mit einem langen intensiven Zungenkuss.
Roswitha suchte das Weite.

Von diesem Augenblick war allen klar, dass Maria und Hartmut ein Paar waren und die traten nunmehr öffentlich als Liebespaar auf.
In der Kleinstadt blieb nicht verborgen, dass Hartmut in der Apotheke Präservative kaufte und auch Maria dort die von ihrer Frauenärztin erstmals verschriebenen Verhütungsmittel bezog.
Von da an war alles anders, bunter, schöner, intensiver, jede gemeinsame Stunde ein Fest.
Leidenschaft trat an die Stelle der Verliebtheit.

Jeden Tag steckte sie ihn mit ihrer Lebensfreude und Herzlichkeit an.
In kurzer Zeit war es ihm gelungen, ihr Herz vollständig zu erobern, und sie hatte ihn ihrer Familie präsentiert, die ihn vorurteilsfrei in die Gemeinschaft aufnahm.
Dass nicht alle in der Großfamilie Bruno mit der Verbindung einverstanden waren, erfuhr das Liebespaar nie.
Dafür hatte Marias Mama gesorgt: „Basta!"

Sie hatte den ersten gemeinsamen Urlaub gebucht und die Unterkunft ausgesucht, die einem Freund der Familie gehörte. Maria kannte sich in der Toskana aus.
So waren die letzten Tage ausgefüllt mit Besichtigungen in Siena, Pisa, Spaltenna, Volterra und San Gimignano und immer ersetzte sie einen kompletten niedergeschriebenen Reiseführer. Wären sie nicht zweimal ans Mittelmeer gefahren, um sich am Strand zu erholen, wäre der Urlaub in Stress ausgeartet.
„Ist ein letzter Schluck in der Flasche?", fragend hatte er sie angesehen, an diesem Tag gefühlt zum tausendsten Mal.

Sie war eine Naturschönheit und er war überzeugt, dass sie ihn grenzenlos liebte.

Statt zu antworten, schenkte sie ihm ein.
Er würde sie heiraten.
„Ich liebe dich!“, flüsterte Hartmut Deutsch, während sie ihm sein Glas füllte.
Und das war nicht gelogen, sondern in diesem Augenblick seine unumstößliche Überzeugung.
Beide schauten schweigend in den Sternenhimmel, eingehüllt in alle Decken, die im Haus aufzutreiben waren. Ohne das Zirpen der Grillen lägen sie in einer unheimlichen Stille. Das nächste bewohnte Haus war weit entfernt. Zwischen ihnen und anderen Menschen lag ein Buschwald mit Krüppeleichen, in dem angeblich viele Wildschweine lebten. Gesehen hatten sie keines.

Tagsüber fühlten sie sich sicher in der Einsamkeit.
Mit der Dunkelheit kam so ein unangenehmes Gefühl auf, eventuellen Eindringlingen hilflos ausgeliefert zu sein.
„Ich muss immer an vorgestern Nacht denken“, hatte Maria ein Gespräch eröffnet, „da war mir schon anders!“
„Aber das war doch nur die Polizei!“
„Als der Wagen mit aufgeblendeten Scheinwerfern und erhöhter Geschwindigkeit auf das Grundstück raste, war das im ersten Moment aber nicht zu erkennen oder zu vermuten. Auf mich wirkte die Aktion wie der Beginn eines Überfalls.“
„War aber nur eine Kontrollfahrt. In dem Moment, in dem die Polizisten das deutsche Autokennzeichen sahen, haben

die sicher gedacht: „Ach, die Villa ist wieder einmal an Touristen vermietet." Vielleicht waren die Beamten froh, dass sie, ohne auszusteigen, wieder fahren konnten. Es hat sicher in der Vergangenheit immer wieder Einbrüche gegeben, wenn das Haus leer stand."
Hartmut sah Maria an: „Ich hätte dich schon beschützt; es bestand kein Anlass zur Sorge."

Statt zu antworten, hatte Maria aufgeregt in den Himmel gezeigt:
„Schau nur, eine Sternschnuppe! Ein Zeichen für Glück!"
„Kann aber auch Unglück ankündigen", hatte Hartmut widersprochen und dafür nur Kopfschütteln geerntet.
„Du hoffnungsloser Pessimist. Wir haben doch uns. Die Welt liegt uns zu Füßen und das Glück auf unserem Weg".
Hartmut hatte geschwiegen.

Er war in diesem Moment unglücklich und voller Zukunftsangst. War doch Maria die einzige Tochter des Mafiabosses, auf den sein Arbeitgeber ihn angesetzt hatte.
Gerne hätte Hartmut sich mit einem anderen Menschen über seinen Konflikt ausgetauscht. Er kannte aber niemanden, dem er in dieser heiklen Angelegenheit vertraut hätte.
Seit er erfuhr, dass Maria die Tochter seiner Zielperson ist, war ihm klar, dass das Unheil unaufhaltsam kommen werde. Es war unausweichlich.
Er hatte gedacht:
„Es wird mich zerstören. Ich kann nichts dagegen tun!"

Und so hatte er versucht, sich an den Rat seines zu früh verstorbenen Vaters zu halten:
„Lebe im Hier und Jetzt. Genieße den Augenblick. Der wird vergehen!“
Das war ihm nicht immer gelungen.
Seine Mutter hatte häufig gesagt: „Bedenke, dass das Glück immer nur geliehen ist! Und dich eines Tages ohne Vorankündigung verlässt!“
Er hatte diesen schrecklichen Gedanken verdrängt.

Nachdem alle Flaschen auf der Veranda leer getrunken waren, schwankten beide ins Haus, um der nächtlichen Kälte zu entfliehen und um sich ein letztes Mal vor der Abreise zu lieben. Bevor er einschlief, lief in Hartmuts Kopf in Endlosschleife der oft gecoverte Smokie Song: „ Lying in the Arms of Mary“. Und diese Melodie ließ ihn die letzten beiden Zeilen überhören, in denen klargestellt wird, dass das Glück nicht ewig bleibt und der Sänger am Schluss allein ist und nach der „one and only“ sucht.
Hartmut aber lag in diesem Augenblick in den Armen von Maria.
Und nur dieses Gefühl zählte.

1.2. Hotelbar in Köln

Weit entfernt in einer anderen Wirklichkeit hatte sich ein halbes Dutzend gut gekleideter alter Männer konspirativ um einen Tisch versammelt und sich flüsternd unterhalten.
Sie hatten einen langen Arbeitstag, gefüllt mit Vorträgen und Analysen hinter sich und beabsichtigten, den Tag mit etwas Small Talk und alkoholischen Getränken ausklingen zu lassen.
„Wehret den Anfängen!“, hatte einer von ihnen gesagt.
„Mach doch aus einer Mücke keinen Elefanten!“, hatte ein anderer kopfschüttelnd erwidert.

„Sprechen wir über Fakten, meine Herrn!“, hatte stirnrunzelnd ein gepflegter grauhaariger Herr, der der Senior der Gruppe sein mochte, eingeworfen.
Der, der den Anfängen wehren will, hatte das Wort ergriffen:
„Ich sage nur: Hanf!“
Den Zusammenhang hatte zunächst niemand verstanden, obwohl die Herren durchaus den Hanf kannten und alle beruflich mit Textilien zu tun hatten.
Salbungsvoll hatte der erste Redner mit seinem Vortrag begonnen:
„Hanf war neben Holz 7000 Jahre das wichtigste Naturprodukt, das der Mensch genutzt hat. So wurde nicht nur Kleidung aus Hanf gefertigt, sondern gleichfalls die Sehnen für die berühmten Langbögen, Seile und Segeltuch für die Schifffahrt und das Papier.
Selbst die Gutenbergbibel wurde 1455 auf Hanfpapier gedruckt.

Der Anbau und die Verarbeitung von preiswerten Hanfprodukten bedrohte den Erfolg petrochemischer synthetischer Fasern zum Beispiel der Firma Dupont mit den Produkten Neopren und Nylon, um nur ein Unternehmen zu nennen.

Die Pharmaindustrie fühlte sich bedroht, weil der Einsatz von Cannabisprodukten ihren Produktabsatz behinderte.

Aber die beiden Branchen hatten eine starke Lobby, die es erreichte, dass sowohl der Hanfanbau als auch Cannabis verboten wurde. Begründet wurde dies nicht damit, dass die Regierung die aufstrebende Industrie schützen wolle, sondern damit, dass die Gesundheit der Bevölkerung geschützt werden müsse."

Bevor er fortfahren konnte, war ihm ein anderer Teilnehmer dieser illustren Runde ins Wort gefallen: „Warum erzählen Sie uns das. Sind doch alte Kamellen. Und zum Teil überholt. Es gibt Spezialgeschäfte für Kleidung aus Hanf und die Medizin greift in geeigneten Fällen auf Cannabisprodukte zurück."
Die Runde hatte zustimmend genickt und eine Erklärung der Relevanz der Erzählung erwartet.
Die kam prompt.
„Ich sage nur: Michael!"
„Sie sprechen in Rätseln. Es ist schon spät. Der Alkohol wirkt. Also bitte Klartext. Sonst werde ich mich verabschieden!", hatte ein Herr aus der Runde die Verärgerung aller Anwesenden formuliert.

„Klartext, ok. Da ist ein Michael, der auf verschiedenen Internetplattformen dazu aufruft, die Umwelt zu retten. Er rät, wieder lang haltbare Hanfkleidung zu tragen. Er behauptet, die gesamte Textilproduktion, aber auch der Import per Schiff oder Flugzeug aus den Erzeugerländern bewirke neben anderen Schäden eine unerträgliche CO2-Bilanz.
Bedeutet: ein Shirt aus Hanf alle fünf Jahre kaufen, statt jedes Jahr 10 neue Shirts in den angesagten saisonalen Modefarben. Ehrlich gesagt, ich, der ich in grossem Stil Billigtextilien aus Asien importiere, empfinde die Äußerungen als Bedrohung meines Geschäftsmodells und meiner Existenz."
„Und ich hab von dem Mann nie etwas gehört. Seine Meinung ist nicht Gegenstand irgendeiner Debatte."
„Bisher nicht, deshalb sagte ich: Wehret den Anfängen. Wenn dieser „Influencer" erst einmal 10 Millionen Follower hat, ist es zu spät."
„Was schlagen Sie vor?", hatte einer aus der Gruppe gefragt.
„Das Übliche: Kaufen oder mundtot machen!"

Der vermeintliche Senior der Gruppe hatte eingegriffen, nachdem die Lautstärke des Gespräches zugenommen hatte und andere Gäste der Bar neugierig zu ihnen herübergeschaut hatten.
„Meine Herren, hier ist der falsche Ort und es ist die falsche Zeit, ein doch brisantes Thema zu besprechen. Ich schlage vor, dass wir das Gespräch morgen früh, ausgeschlafen und nüchtern, in unserem Konferenzraum fortsetzen.
Die Tagesordnung werde ich entsprechend anpassen."
Keiner hatte gewagt zu widersprechen. Die Runde hatte sich aufgelöst.

Kapitel 2
Hauptkommissar Häcker

2.1. Unten angekommen [1]

Manfred Häcker steht im Bad und schaut schon eine geraume Zeit schweigend in den Spiegel.
Was er sieht, erschreckt ihn zutiefst. Dann sagt er zu seinem Spiegelbild:
„Verdammt! Siehst du alt aus, verbraucht und erledigt!"
Sein Gesicht ist aufgequollen, die Augen rot entzündet, die Falten tief und unter den Augen breite schwarze Ränder.
Häckers Kopf brummt gewaltig.
Häcker leidet bei seinem Blick in den Spiegel, aber er schafft es nicht, wegzuschauen oder wegzugehen.
Der Anblick seines Spiegelbildes hält ihn gefangen.
Eine geraume Zeit verharrt er so.
Dann bricht es aus ihm heraus:
„Ich bin kaputt! Ich bin schon tot! Ich bin Alkoholiker!"
Es klingt nicht nur wie eine Beschwörung. Es ist eine.
Niemand hört seinen Schrei und kein Mensch interessiert sich dafür, was er an einem freien Tag so treibt.
In der Woche gelingt es Häcker, vorsichtig zu sein. Seine Vorgesetzten haben schon angedeutet, dass er wohl zu viel trinke. Beamtenrechtliche Konsequenzen gab es für ihn bislang nicht. Ob es seine Verdienste als verdeckter Ermittler sind, die ihn bislang geschützt haben, oder Mitleid mit einem Gescheiterten, der das Leben in einer anderen Identität nicht vertragen hat, bleibt dahingestellt.

---

1 Liblar, 6. Mai 2018

Nur er selbst kennt die ganze Wahrheit. Einzig er erinnert sich, was damals in dieser verfluchten Nacht geschehen ist. Häcker reißt sich zusammen und verlässt das Bad.
Im Wohnzimmer schenkt er sich einen vierfachen Cognac ein, um auf den Balkon seiner Wohnung im siebten Stockwerk eines Hochhauses in Erftstadt-Liblar zu stolpern.
Er plumpst in einen billigen Plastiksessel und sinniert über sein Leben.
Der Alkohol macht sich bemerkbar. Er sprengt die Grenzen der Realität und wirkt wie ein explodierender Sprengsatz an einer Staudamm-Mauer. Die folgende Flutwelle überspült das Hier und Jetzt.
Viele, zu viele Gedanken und Gefühle überfluten unsortiert seinen Kopf und treffen auf sein Innerstes, seine Seele, wo seine geheimsten Gedanken wohnen.
Aus dem Meer der gespeicherten Erinnerungen und Gefühle ragt ein Satz heraus, der ihn immer wieder plagt:
„Ich bin heimatlos und verloren!?"
Ohne Freunde, ohne eigene Interessen wird Häcker immer wieder zurückgeworfen auf seine nackte physische Existenz oder wie er es ausdrückt:
„Ich bin bloß eine Fress-Scheiß-Maschine, ohne Substanz und ohne Wert!"

Schon sein Name, „Manfred Häcker", ist eine Lüge, eine falsche Identität.
Als verdeckter Ermittler nannte er sich „Hartmut Deutsch". Das ist nicht sein Geburtsname.

Seinerzeit hatte er einen süddeutschen Ableger der sizilianischen Mafia ausspioniert und deren Pläne zur Ermordung eines Richters durchkreuzt.
Als er später erfuhr, was der Richter für ein korruptes Schwein war, hatte er bereut, den Mordanschlag verhindert zu haben. Das hatte er allerdings nie jemandem gesagt.
Der Preis, den er persönlich für die Verhinderung des Mordanschlages gezahlt hatte, war ohnehin zu hoch.
Er hatte die Liebe seines Lebens verraten.
Denkt er an Maria, so denkt er an diese wunderbare Welt aus Liebe und Zärtlichkeit, an die unvergesslichen gemeinsamen Stunden, an ihr umwerfendes Lachen, wissend, dass nichts davon jemals wiederkehren wird.
Dieser brennende quälende Schmerz vergeht nie.

„Ich bin doppelt bestraft worden", lallt er leise vor sich hin.
Häcker überlegt, was ihn mehr quält:
Der Verlust seiner Geliebten oder sein Sesselfurzer-Job beim BKA in Heimerzheim.
Seine Gedanken wandern zurück in die spannungsvolle und erwartungsfrohe Zeit, in der er Maria den Hof gemacht hatte, an die erste flüchtige Berührung ihrer Lippen, an Marias Lachen, ihre selbstverständliche Freundlichkeit.

Häcker lehnt sich über die Brüstung des Balkons und schaut in die Tiefe.
Für einen kurzen Moment gefällt ihm der Gedanke zu springen und seinem elenden Leben ein Ende zu bereiten.
„Aber was ist, wenn ich als Krüppel überlebe?"

Da er sich nicht traut, lebt er weiter mit all seinen Erinnerungen. Denen zu entkommen ist nicht möglich.
So döst er stundenlang untätig vor sich hin.
Häcker wäre dankbar, wenn er eine vernünftige Aufgabe bekäme; „ Falls nicht, werde ich springen.“, denkt er, um dann den Balkon zu verlassen und ins Bett zu fallen.

Am nächsten Montag meldet er sich arbeitsunfähig.
Er gibt vor, Brechdurchfall zu haben. Das kommt der Wahrheit am nächsten.
„Mein Leben, mein Job, die ganze Welt nervt mich.“

2.2. Das Angebot[2]

Heute hat sich Häcker aufgerafft und ist in seiner ungeliebten Dienststelle erschienen.

Bevor er sich an seinem Schreibtisch einrichtet, wird er zu seinem Vorgesetzten zitiert.

„Das war es, heute flieg ich raus“, denkt Häcker und begibt sich unwillig in den angewiesenen Besprechungsraum.

Dort findet er seinen Chef, Herrn Kriminaldirektor Funke und einen Herrn aus der Personalabteilung, der seinen Namen so undeutlich nuschelt, dass Häcker ihn nicht erfasst.

Nach dem Austausch der üblichen Begrüßungsfloskeln ergreift der Kriminaldirektor das Wort:

„Also Häcker, machen wir es kurz! Sie fühlen sich nicht wohl im Innendienst, was nicht zuletzt Ihre häufigen Fehlzeiten eindrucksvoll dokumentieren.

Wir hatten für Sie eine Stelle geschaffen, die, aus meiner Sicht, eigentlich überflüssig ist, als „Dank des Vaterlandes“ für Ihren entbehrungsreichen jahrelangen Under-cover[3] Einsatz.

Wenn aber beide Seiten mit einer Regelung unzufrieden sind, ist es an der Zeit eine Neureglung zu besprechen.

Wir bieten Ihnen einen Außendiensteinsatz an!“

Der Kriminaldirektor beobachtet Häcker.

Der versucht keine Regung zu zeigen.

---

2 Heinerzheim 14. Mai 2018

3 verdeckter Einsatz

Das gelingt ihm, der jahrelang von Figuren aus der Unterwelt misstrauisch beäugt worden war, bestens. Sonst wäre er vermutlich schon längst tot.
Dann setzt Kriminaldirektor Funke seine Rede fort.
„Auf den ersten Blick ist es eine einfache, recht ungefährliche Aufgabe. Sie fahnden diskret und ohne Inanspruchnahme der üblichen Fahndungsmethoden nach einer Person, die untergetaucht ist, und finden sie. Sie arbeiten auf sich alleine gestellt als Zielfahnder.
Das wird Ihnen gefallen.
Konkret bedarf es eines besonderen Einfühlungsvermögens, da die Sache, wenn sie bekannt wird, politisch hohe Wellen schlagen wird.
Es handelt sich dabei nicht um einen gewöhnlichen Kriminellen, sondern um eine Person, die unter Inanspruchnahme der Meinungsfreiheit, die Grundlagen unseres Gesellschaftssystems in Frage stellt, konkret die Vorstellung vom immerwährenden Wachstum und die Annahme, dass wir in einer sozialen Marktwirtschaft leben.
Von Seiten der Juristen wird dem Mann „Volksverhetzung" vorgeworfen.
Der Angeschuldigte behauptet, von Gott gesandt zu sein, um die Erde vor dem Kollaps und dem Untergang zu bewahren.
Deshalb war er zuletzt in einer geschlossenen Abteilung einer psychiatrischen Klinik untergebracht.
Aus der Klinik Marienborn, Zülpich ist er entflohen.
Neben der Rückführung in die Anstalt gehört zu Ihren Aufgaben:

1. Die Erhärtung und Dokumentation des Verdachts der Volksverhetzung und begleitender Delikte oder der Nachweis, dass diese Person eine Gefahr für sich selbst und die Gesellschaft ist und auf Dauer in die forensische Psychiatrie weggesperrt gehört.
2. Die Aufdeckung der Personen, die ihm bei der Flucht geholfen haben.
3. Die Ermittlung von Sympathisanten und Unterstützern.

Das alles sollte sehr diskret abgewickelt werden, ohne Presse und Aufruhr.
Politik und Wirtschaft erwarten, dass der Mann mundtot gemacht wird und still von der Bildfläche verschwindet, natürlich im Rahmen des Rechtsstaates.
Ist doch ein ansprechender und interessanter Auftrag, oder Häcker?“
Häcker schüttelt nur kurz den Kopf, so, dass es weder als Zustimmung noch als Ablehnung verstanden wird. Er ist voller Misstrauen und wittert eine Falle.
Immerhin sind nicht seine Fehlzeiten Thema der Unterredung und es besteht die Möglichkeit, dass er den ungeliebten Innendienstjob loswird.
Da er zögert, wird der Kriminaldirektor direkt:
„Ja oder nein, Häcker?“
„Ja, ich übernehme den Auftrag. Aber da gibt es vieles zu klären. Wem erstatte ich Bericht. Habe ich ein Budget? Und so weiter.“
„Sicher, dies werden wir im Detail besprechen. Aber nicht hier und heute.

Sie bekommen bei der nächsten Besprechung die erforderlichen Unterlagen. Wir werden den Kollegen von der Personalabteilung aber nicht mit diesen Dingen belasten.
Nur das: Im Erfolgsfall winkt Ihnen eine Beförderung zum „Erster Hauptkommissar mit Besoldungsstufe A 13."
Zum Personaler gewandt:
„So ist es doch, oder!"
Der Personaler schaut erstaunt, nickt dann aber kurz.
Häcker hingegen sagt: „Das mit der Beförderung hätte ich gerne schriftlich."
Die beiden Herren sehen sich an und Funke beendet die heutige Zusammenkunft mit den Worten:
„Wir werden sehen, was möglich ist. Häcker nehmen Sie sich diese Woche Urlaub oder besser: Ich stelle Sie hiermit unter Fortzahlung der Bezüge von der bisherigen Tätigkeit frei, Sonderurlaub bis nach den Pfingstfeiertagen.
Wir sehen uns am Mittwoch, den 23. Mai wieder in meinem Dienstzimmer, selbe Uhrzeit. Dann werden wir alles Weitere besprechen."

2.3. Der Auftrag[4]

Irgendwie hat die Aussicht, den Bürojob gegen den Außendienst zu tauschen Häcker in eine Woge von Zuversicht getrieben und ihm ein wenig Glauben an sich und seine Zukunft gegeben.
Das Ergebnis: Null Alkohol in den letzten sieben Tagen.
Stattdessen besucht er nach langer Pause das Fitnessstudio und versucht, das angeschlagene Herz-Kreislaufsystem durch Walken auf dem Laufband und leichtes Krafttraining wieder in Schwung zu bringen.
Nach der ersten Trainingseinheit spürt er seinen Körper, jeden Muskel, jede Sehne und seine Faszien.
Mit jedem Tag steigt seine Neugier auf den Auftrag und den Mann, den er suchen und verhaften soll, sowie die Rahmenbedingungen, die dieser Job ihm bietet.
Heute findet die entscheidende Besprechung statt.
Häcker würdigt den Tag dadurch, dass er sein Auto in der Garage stehen lässt und mit dem Fahrrad vorsichtig die 16 km über die Waldwege des Kottenforstes zur Dienststelle fährt.
Die Morgensonne scheint. Die Vögel zwitschern aufgeregt in die Stille des Waldes, voll beschäftigt und gestresst mit der Brutpflege.
Häcker hat an diesem Morgen keine Antenne für die Schönheit der Natur.
Er ist voll fokussiert auf das Gespräch mit seinem Vorgesetzten.

---

4 Heimerzheim, 23. Mai 2018

Obwohl er sich im Kottenforst einmal verfahren hat, weil die Waldwege, -wie er meint -, alle gleich aussehen, erscheint er pünktlich vor dem Büro des Kriminaldirektors Funke.
Er klopft an die Tür.
Ein barsches „Herein!“ empfängt ihn mit der anschließenden Aufforderung: „Nehmen Sie Platz!“
„Hier sind die Unterlagen“, erläutert der Kriminaldirektor und überreicht eine dünne Akte. Diese enthält ein Profil der zu suchenden Person, welches das Papier nicht wert ist, auf dem es gedruckt ist:

Rufname: Michael
Geburtsname: angeblich Zimmermann
Geburtsort: unbekannt
Meldeadresse: unbekannt
Alter: unbekannt
Statur: circa 188-190 cm groß, schlank, blond, blaue Augen
Aktueller Aufenthaltsort: unbekannt
Letzter Aufenthaltsort: unbekannt
Keine Papiere.
Ein Michael Zimmermann mit diesem Aussehen konnte in den diversen Dateien nicht gefunden werden.

Prüfen:

Ermittlungsverfahren aufgrund des in der Anlage beschriebenen Verhaltens: Volksverhetzung, Ent-

fliehen aus einer geschlossenen Abteilung einer psychiatrischen Klinik.

Aufenthalt vor Einweisung in die Psychiatrie: Bonn, Adresse unbekannt.
Die vorläufige Festnahme erfolgte auf der Straße, der Verdächtige war vermutlich auf dem Weg zu einer aufrührerischen Veranstaltung oder einer Demonstration vor der Universität.

Häcker blättert kurz durch die Anlagen, in denen nach Ort oder Medium geordnet verschiedene angebliche Äußerungen dieses Michaels aufgeführt sind.
Die Anlage, die das Verhalten des Gesuchten beschreibt, fehlt. Die Äußerungen betreffen die Endlichkeit der Ressourcen, die Zerstörung der Umwelt, den Klimawandel und den Zusammenbruch großer Zivilisationen.

Dann betrachtet er das DIN-A4-Blatt ohne Briefkopf, Datum, Aktenzeichen und Hinweis auf den Aussteller und schüttelt den Kopf.
Funke kommt ihm zuvor:
„Das ist sehr dürftig und weicht von unserem üblichen Vorgehen ab. Für Sie ist das von Vorteil. Wir starten bei null. Sie haben keinen Zeitdruck; Gründlichkeit vor Schnelligkeit, niemand redet Ihnen rein, Sie berichten nur an mich!“
„Wenn es nicht einmal ein Aktenzeichen gibt, wie rechne ich zum Beispiel die Reisespesen ab?“

„Gar nicht. Die übliche Abrechnung ist nicht erforderlich, denn Sie verfügen über ein eigenes Spesenkonto und sind hinsichtlich Ihrer Ausgaben nicht rechenschaftspflichtig. Hier Ihre Kontodaten, eine ec-Karte und eine Kreditkarte, beides schon auf Ihren Namen ausgestellt. Sie müssen die Karten nur unterschreiben und mir eine Unterschriftsprobe abgeben, die ich der Bank übermitteln werde."

„Wieviel Geld ist auf dem Konto?"

„Genug! Machen Sie sich keine Gedanken. Das Geld darf natürlich nur auftragsbezogen verwendet werden und nicht für Ihre Privatausgaben."

„Und wer entscheidet, was auftragsbezogen oder privat ist?"

„Sie allein. Wir haben volles Vertrauen."

„Woher kommt das Geld? Es gibt doch immer einen Haushaltstitel?"

„Gibt es im konkreten Fall nicht. Das ist wie bei einem Finderlohn oder einer Belohnung für Hinweise auf die Täter, die von einem Geschädigten mit Zustimmung der Staatsanwaltschaft ausgelobt werden."

„Und wer konkret hat das Geld ausgelobt?"

„Verschwenden Sie darüber keine Gedanken. Selbst wenn ich das wüsste, dürfte ich Ihnen nicht mitteilen, wer Ihre Recherchen finanziert. Nur allgemein kann ich Ihnen sagen: Maßgebliche Kreise der Wirtschaft sehen ihr Geschäftsmodell gefährdet, wenn da jemand gegen den übermäßigen Konsum, Kinderarbeit in der Dritten Welt, die Zerstörung der Umwelt und grenzenloses Wachstum predigt.

Stellen Sie sich einmal vor, was passiert, wenn alle Menschen jedes Jahr maximal ein Kleidungsstück aus Naturfasern kaufen und dieses so lange tragen, bis es verschlissen ist.
Millionen werden arbeitslos und gehen auf die Barrikaden und der Sozialstaat marodiert. Parteien am rechten oder linken Spektrum organisieren einen Putsch. Unsere freiheitlich-demokratische Grundordnung zerbricht."
„Reden unsere Politiker nicht ständig von Nachhaltigkeit?"
„Natürlich, aber sie reden nur, um die intelligenten Skeptiker und Zweifler am ewigen Wachstum zu beruhigen.
Den Worten folgen garantiert nie Taten. Anderenfalls gäbe es keine Parteispenden mehr aus der Wirtschaft. Dieses Risiko leistet sich keine Partei."
Es widerstrebt Häcker, Kritiker einer zweifelhaften Politik zu kriminalisieren.
Häcker denkt eine Minute nach:
„Ich bin nicht der richtige Mann für diesen Auftrag. Nehmen Sie einen anderen. Ich bin raus."

Bevor Häcker die Mappe und die Karten an den Kriminalrat zurückgegeben hat, wird dieser unfreundlich und deutlich:
„Das ist kein Auftrag, den Sie ablehnen können. Ich werde Sie nicht zwingen. Aber, wenn Sie nicht mitmachen, sind Sie draußen. Die Personalabteilung hat genug gegen Sie gesammelt, um Sie vom Dienst zu suspendieren und Ihre Entlassung unter Verlust der Versorgungsbezüge durchzuziehen.
Sie haben keine Wahl. Entscheiden Sie jetzt: Auftrag oder Entlassung."
Häcker vermag keinen klaren Gedanken zu fassen.

Sein Überlebensinstinkt zwingt ihn zu murmeln:
„Ich nehme den Auftrag an."
Häcker kommt sich überrumpelt vor und fühlt sich elend.
Schon auf der Rückfahrt nach Liblar bereut er seine Zustimmung.

Am Abend droht Häcker der Rückfall.
Der Auftritt des Vorgesetzten war für ihn ohne Alkohol nicht zu ertragen.
Häcker kauft beim nahen Norma Markt eine Flasche billigen Wodka.
Angeblich riecht man die Alkoholfahne nicht.

Zurück in seiner Wohnung kämpft er mit sich und der Wodkaflasche: öffnen oder wegschütten?
Tief in ihm existiert die Erkenntnis, dass Alkohol nur betäubt, aber nicht hilft.
Zufällig trifft sein Blick auf den Bilderrahmen mit dem Foto, das ihn mit seinen Eltern in jungen Jahren zeigt.
An dem Tag hatte er die Kölner Rudermeisterschaft im Einer gewonnen.
Kernig, sportlich war er damals.
Entschlossen und voller Glauben an sich selbst hatte er in die Zukunft geschaut.
Er war bereit, gegen das Böse in der Welt zu kämpfen, Verbrecher zu überführen und dafür zu sorgen, dass sie bestraft werden.
Und heute. Ihm schaudert, was ist aus ihm geworden ist.

Häcker reißt sich zusammen und entscheidet mit einem letzten Rest von Willen, seinen Durst mit „Bitburger alkoholfrei“ zu löschen. Den Wodka schüttet er ins Klo.
Er sucht und findet den Sender WDR 4 und lässt sich mit Oldies beschallen.
Die Musik macht ihn schläfrig.
Eine Weile wehrt er sich gegen den Schlaf, denn er fürchtet, was dann immer folgt.
Häcker verliert diesen Kampf und schläft ein.

2.4. Schlechter Schlaf[5]

Im Wachzustand gelingt es ihm fast immer, die Vergangenheit leidlich zu verdrängen.
Im Schlaf ist er seinen Erinnerungen, seinen Alpträumen gnadenlos ausgeliefert.

Die Augen vor Entsetzen und Hass und Todesangst weit aufgerissen, das Gesicht blutbespritzt starrt sie ihn an.
Ein Messer fällt aus ihrer Hand.
Dann sackt sie, von seinem Schuss gefällt, zusammen.
„Warum?", röchelt sie mit letzter Kraft, „Warum hast du mich, hast du unsere Liebe verraten?"
Aber der Mann, in dessen Armen sie sterbend liegt, ist nicht bereit oder unfähig zu antworten.
Ein wildes Schluchzen ist der letzte Laut, den sie auf dieser Welt wahrnimmt. Dann verlässt ihre Seele den geschundenen Körper, schwebt einen Augenblick über diesem und dem Mann, der ihr ewige Liebe geschworen hatte, aber sie und ihre Familie verraten und ihren Feinden ausgeliefert hat.
Zurück bleibt ein Häufchen Elend, das jammerte: „Nein, nein, Maria, du darfst nicht sterben!!!!!"

---

5 Liblar, 24. Mai 2018

Dann erkennt Häcker den Mann: Er selbst ist es. Er hat Maria erschossen, als sie, völlig außer sich, auf ihn zuläuft, bereit und anscheinend wild entschlossen, ihn zu töten.

Mit diesem Schrecken wird er wach.
Die Frage, warum er sie verraten hatte, kann er sich selbst nicht beantworten.
Er hätte sich für sie und ihre Familie und gegen seine Dienstpflichten als Polizist entscheiden können.
Schon mancher verdeckte Ermittler hat die Seiten gewechselt.
Manchmal versucht Häcker, sich vorzustellen, wie sein Leben dann weiter verlaufen wäre.
Juristisch hatte er keine Probleme, denn er hatte in Notwehr gehandelt.

Manchmal wirft er sich vor, feige zu sein und den bequemeren Weg gewählt zu haben.
An anderen Tagen rechtfertigt er sich vor sich selbst damit, dass er nur seine Pflicht getan habe, seine Dienstpflicht als Polizeibeamter, konsequent und ohne Skrupel.
Er hatte die in ihn gesetzten Erwartungen erfüllt. Er hatte das Vertrauen seiner Vorgesetzten nicht enttäuscht.
Sein Dienstherr war zufrieden. Er wurde zum Hauptkommissar befördert.
Die Beweise, die er gegen den aus Italien stammenden Bruno Familienclan gesammelt hatte, hatten für eine Verurteilung zu einer Gefängnisstrafe gereicht. Niemand brauchte zu sterben.

Maria wäre, wenn sie überhaupt angeklagt worden wäre, freigesprochen worden.
Häcker hat nie verstanden, dass es Menschen gibt, denen die Ehre der Familie über allem steht.
Menschen, die den aus ihrer Sicht begangenen Verrat in Schmerz und in wilden Hass umwandeln, die ohne Furcht und Rücksicht auf sich selbst angreifen.
Dass seine verliebte, zärtliche, fürsorgliche und grenzenlos um ihn besorgte Maria wie eine der Hölle entsprungene Furie mit einem Messer auf ihn zueilte, wild entschlossen, ihn für den Verrat an ihrer Familie zu bestrafen, hatte ihn überascht und entsetzt.
Die Liebe zu ihrer Familie war zu seiner Überraschung stärker als die Liebe zu ihm. Damit hatte er nicht gerechnet.

Bevor Maria ihm das Messer in den Leib rammte, hatte er geschossen, in Notwehr und Todesangst, wie ein Kollege bestätigte.
Zunächst auf die Beine, die er verfehlte, und final in die Brust.
Erst als sie zusammensackte, realisierte er seine Handlung: „Ich habe die Frau, die ich liebe, getötet."
Und im gleichen Moment wünschte er sich nichts so sehr, wie selbst tot zu sein.
Zu spät.
Gelegentlich wirft er sich vor, dass seine Liebe zu Maria geringer war, als sein Selbsterhaltungstrieb.
Dann hasst er sich.

Nach dem blutigen Drama berichteten die örtlichen Zeitungen, dass es der Polizei gelungen sei, mit Hilfe eines verdeckten Ermittlers, die Zentrale des örtlichen Drogenhandels auszuschalten.
„Der Landkreis ist drogenfrei!“, lautete eine Schlagzeile, die, kaum war sie gedruckt, schon unwahr geworden war. Eine andere Familie hatte den Platz im Drogen-Vertrieb eingenommen.
Das Schicksal, die inneren Konflikte und das Leiden des verdeckten Ermittlers blieben der Presse verborgen.
Sein Verrat an der Liebe zu Maria kam niemals zur Sprache.
Er kehrte in den ordentlichen Polizeidienst zurück, denn als verdeckter Ermittler war er verbrannt.
Selbst wenn der Öffentlichkeit nicht einmal sein Decknamen und keinesfalls sein Aussehen bekannt waren, so durfte nicht ausgeschlossen werden, dass ein in Italien lebender naher oder entfernter Verwandter ihn wiedererkennen und Rache nehmen würde.
So lebt er heute unter dem neuen Decknamen Manfred Häcker und nicht mehr unter dem Namen Hartmut Deutsch.
Der Innendienst läßt ihm genügend Zeit, über eine Antwort auf Marias letzte Frage nachzudenken: „Warum?“
Jede Nacht diese Frage, jede Nacht keine Antwort und jede Nacht diese Selbstanalyse:
Ich, der sich heute Manfred Häcker nennt, bin ein Nichts, ein Judas, der für ein geringes Gehalt das Vertrauen und die Liebe der Menschen verraten hat, die mich mit offenen Armen aufgenommen haben, und die mir ihren liebsten Menschen, ihre Tochter Maria, anvertraut hatten.
„Ich bin ein Stück Dreck!“

Voller Selbstmitleid meint Häcker, dass er nichts mehr zu verlieren habe, keine Hoffnung auf Vergebung und dass der Tod eine Erlösung sei.
Häcker würde schon längst arbeits- und obdachlos und sinnlos betrunken auf der Straße leben, hätte er nicht einen Strohhalm ergriffen, das Gebet.
In höchster Seelennot betet er:

> *„Sag mir Gott, - wenn es Dich gibt - warum hast Du mich auserwählt, zu mir gesprochen und mich dann fallengelassen? Warum lässt Du mich im Alkohol ertrinken? Was ist Dein Plan für mich? Ich habe schwere Schuld auf mich geladen, ich habe Maria getötet. Warum siehst Du zu, wie ich daran zerbreche.*
> *Ich bereue meinen Verrat, den Verrat an Maria und ihrer Familie und den Verrat an der Liebe. Mein Platz in diesem Leben war an der Seite Marias.*
> *Ich hätte zu Maria und ihrer Familie stehen müssen, ohne wenn und aber.*
> *Ich durfte die Menschen, die mir vertrauten, die mich in ihr Haus aufgenommen haben, nicht den Ermittlungsbehörden ausliefern.*
> *War das Dein Plan?*
> *Vergibst Du mir?*

Die Frage steht unbeantwortet im Raum, bis ein sanfter Schlaf Häckers Schmerz betäubt.

2.5. Begegnung mit Folgen[6]

In den darauffolgenden Tagen versucht Häcker mit sich selbst und seiner Situation Frieden zu schließen.
Lange Spaziergänge an der Erft wechseln sich mit ausgiebigem Schlaf ab.

Dabei erträgt Häcker die misstrauischen Blicke der Hundehalter, die dort mit ihren Lieblingen „Gassi" gehen.
Ein Mann, der mit gesenktem Blick planlos durch die Felder läuft, dem ist nicht zu trauen.
Eltern, passt auf eure Kinder auf!

Zurückgekehrt von einem seiner Spaziergänge in das Mehrfamilienhaus, in dem seine Wohnung auf der siebten Etage liegt, stellt er missmutig fest, dass der Aufzug durch einen Einzug belegt ist.
Um wieder fit zu werden, hatte er sich vorgenommen, regelmäßig die Treppe zu nehmen und den Aufzug mit Missachtung zu strafen, aber heute hatte er im nahen Supermarkt eingekauft, neben frischem Obst und Gemüse einen Kasten Mineralwasser.
Um nicht endlos zu warten, nimmt er schwerbeladen die Treppe.
Er erreicht schwer atmend das dritte Stockwerk.
Dort kommt ihm ein stämmiger Mann mit dichtem schwarzem Haar entgegen, den er hier noch nie gesehen hat.

---

6 Liblar, 30. Mai 2018

Der mustert Häcker im Vorbeigehen ziemlich auffällig und aggressiv, so als wolle er Häcker an die Gurgel gehen.
Stattdessen setzt er, ohne zu grüßen, seinen Weg nach unten fort.
So ein Haus mit vielen Mietern bietet Anonymität. Die Mieter kennen sich kaum, schon weil die Fluktuation groß ist.

Die RAF (Rote Armee Fraktion, eine linke Terrorgruppe) hatte diesen Umstand genutzt, denn angeblich hatte sie in einem der Häuser hier den von ihr entführten Schleyer versteckt, bevor sie ihn exekutierte.
Ein Hinweis eines örtlichen Polizisten auf das mögliche Versteck war, wie sich später herausstellte, auf dem Dienstweg verlorengegangen.

Häcker ist weit davon entfernt, die Hausbewohner zu kennen und keinesfalls interessiert, sie kennenzulernen.
In dem Moment, in dem der Fremde an ihm vorbeigeht, bemerkt Häcker seine Gänsehaut. Die Haare auf seinen Armen haben sich aufgerichtet, irgendetwas läuft ihm kalt den Rücken herunter.
Häcker hat die Gabe, sich Gesichter zu merken.
„Irgendwo habe ich den schon einmal gesehen, aber wo?"
Es fällt ihm zunächst nicht ein.
Unverkennbar war der Blick des Fremden mehr als unfreundlich, voller Verachtung und Hass.
Häcker beschließt, etwas über den neuen Mieter herauszufinden und ihn auf jeden Fall im Auge zu behalten.

In seiner Wohnung angekommen, verriegelt er diese sehr sorgfältig.
Ohnehin hatte er bei seinem Einzug neben dem üblichen Schloss zwei weitere Sicherungen an der Wohnungstür angebracht.
Zuletzt hatte er sich sicher gefühlt und diese seit längerem nicht mehr benutzt.
Ab sofort werden die Sicherungen aktiviert.
Häcker wittert Gefahr.

Diese Nacht schläft er sehr unruhig und träumt viel, vermag sich aber am Morgen nicht an seine Träume zu erinnern.

2.6. Der Fremde

Der geheimnisvolle Fremde seinerseits hat Häcker sofort erkannt: „Das ist doch Hartmut Deutsch!“
Nach dem Verlassen des Treppenhauses versucht er sogleich seinen Bruder Eduardo Fontana in Italien zu erreichen.
Er kann es kaum erwarten, die sensationelle Neuigkeit loszuwerden.
Als er den Angerufenen endlich erreicht, sprudelt es nur so aus ihm heraus:
„Das glaubst du nicht!“
„Was ist los Giovanni?“
„Ich habe das Schwein gefunden, endlich. Es ist purer Zufall. Während wir in ganz Europa nach ihm suchen, wohnt der in Liblar im selben Hochhaus wie ich!“
„Sprichst du von Hartmut Deutsch?“
„Ja, ich spreche von diesem Dreckskerl, der mir meine geliebte Maria ausgespannt, sie und ihre Familie an die Polizei verraten und Maria getötet hat!“ „Bist du sicher?“
„Ja, das Gesicht werde ich niemals vergessen, es verfolgt mich jede Nacht, wenn ich in ohnmächtigem Schmerz von damals träume.“
„Was hast du vor?“
„Langsam und qualvoll töten!“
„Ich komme und helfe dir, Ehrensache.“
„Er gehört mir, mir allein.“
„Er hat die Ehre unserer ganzen Familie beschmutzt, daher ist es eine Familiensache. Als dein älterer Bruder verlange

ich, dabei zu sein, wenn Deutsch unter Schmerzen und in Todesangst seinen letzten Atemzug macht.
Beobachte ihn zunächst! Mach dir Gedanken über das Wo und Wie und sei vorsichtig.
„Bist du sicher, dass er dich nicht erkannt hat?"
„Es ging sehr schnell. Plötzlich begegnete er mir im Treppenhaus und schon war er vorüber."
„Du könntest dich irren und es ist nicht unser Mann."
„Nein, er ist es."
„Unter welchem Namen wohnt er dort, Deutsch?"
„Habe ich bisher nicht festgestellt!"
„Siehst du, deshalb rate ich von unüberlegten spontanen Aktionen ab.
Denk daran, dass auch er sich an dich erinnern könnte.
Wenn er etwas merkt, wird es für dich gefährlich. Der Mann war verdeckter Ermittler und arbeitet für oder bei der Polizei.
Du bist auf der Flucht vor den hiesigen Strafverfolgungsbehörden. Die deutsche Polizei wird dich ausliefern, wenn sie deiner habhaft werden, Giovanni.
Da hilft es dir nicht, dass du unseren schönen Familiennamen, Fontana abgelegt hast und unter dem häufigsten italienischen Familiennamen Rossi auftrittst.
Stell deine Nachforschungen an. Ich informiere unseren Vater über unser Gespräch. Melde dich, wenn du ihn ausspioniert hast und unternimm einstweilen nichts! Bis bald."

2.7. Erinnerung[7]

In dieser Nacht hat Häcker, alias Deutsch, einen seltenen und seltsamen Traum.
Ausnahmsweise träumt er nicht von seinem verdeckten Einsatz und nicht von Maria.

> *Der Traum führt ihn in die Klosterruine Clonmacnoise in Irland, zurück in seine Kindheit, zu seinen Eltern.*
> *Häcker, damals das Kind Udo Neubert, steht zusammen mit seiner Schwester Renate in Schwimmwesten an Deck eines gemieteten Boots, mit dem die Familie Neubert den Shannon herunterfährt.*
> *Für diesen Tag ist eine Etappe von Shannonbridge nach Athlone geplant. Mittags steht eine Klosterruine mit ihren Kunstschätzen auf dem Programm der Familie Neubert.*
> *Der Vater steht am Steuer, die Mutter sprungbereit mit einem Seil an der Steuerbordseite.*
> *Nach einer Biegung des Flusses taucht die Anlegestelle des Klosters auf.*
> *Der Plan ist, dass seine Mutter mit dem Tau auf die Anlegestelle springt, die in den Shannon ragt und in einem Steg endet, der parallel zur*

7 Liblar, 31. Mai 2018

Strömung im Shannon liegt. Ihre Aufgabe ist es, das Schiff mit dem Tau am Steg festzuzurren.
Der Vater bringt das Boot parallel zum Anleger und schaltet den Motor aus. Die Mutter springt auf den Steg. Das Tau rutscht ihr aus der Hand.
Das Schiff treibt in der starken Strömung manövrierunfähig auf ein entgegenkommendes Schiff zu.
Die Mutter schreit entsetzt. Die Kinder weinen.
Der Vater kämpft mit der Technik. Es gelingt ihm, den abgeschalteten Motor wieder anzuwerfen, die Kontrolle über die Richtung zu gewinnen und eine Kollision zu vermeiden.
Die Mutter aber ist nicht mehr zu sehen, denn das Boot ist inzwischen, vom Steg gemessen, einen Kilometer flussabwärts getrieben. Umkehren kann er in der schmalen Fahrrinne zwischen den verschilften Ufern nicht. Schließlich entdeckt der Vater eine geeignete Stelle zum Wenden.
Sie fahren flussaufwärts, passieren den Anlegesteg mit der fassungslosen Mutter, die schreit, dass sie das Tau nicht halten kann.
Der Vater erscheint ratlos. Die Kinder wollen zu ihrer Mutter.
Panische Angst, die Mutter zurückzulassen oder zu kentern, ergreift die Kinderherzen. Udo betet.

„Kommt mitten ins Boot und haltet euch richtig fest!“, schreit der Vater, nachdem er das Boot erneut gewendet hat und auf den Anleger zutreibt.

Ängstlich beobachtet ein gutes Dutzend Zuschauer das Geschehen. Niemand kommt auf die Idee zu helfen.
Die Kinder können nicht weit genug werfen. Sie würden vermutlich ins Wasser fallen, zwischen das Boot und den Steg geraten und in der starken Strömung trotz Schwimmwesten ertrinken.
Der Vater steht am Steuer, sorgt sich um die Sicherheit der Kinder und muss dafür sorgen, dass das neuerliche Anlegemanöver weder den Anleger noch die Zuschauer gefährdet.
Er steuert das Boot auf den Verbindungssteg zu, der den Anlegesteg mit dem Ufer verbindet. Es kommt zwangsläufig zur Kollision von Boot und Verbindungssteg, der aber durch Schalten in den Rückwärtsgang Sekunden vor dem Aufprall ein wenig gemildert wird.
Bange Sekunden vergehen, bis feststeht, dass der Steg und das Boot den Aufprall überstanden haben und der Steg nicht mit dem Boot im Shannon treiben. Nur ein Fender ist geplatzt.
Das Boot wird gesichert. Alle streben nur weg vom Fluss.
Hauptsache festen Boden unter den Füßen haben. Zitternd und benommen kämpft sich die Familie den steilen Weg hinauf zur Ruine.

Derweil der Rest der Familie nach einer Toilette und einem Gastraum sucht, streift der kleine

Udo Neubert durch die Ruine bis an eine Stelle, von der aus er auf den Fluss und das weite Land jenseits des Flusses sehen kann.
Hier bleibt er stehen und betet. Er dankt Gott für die Rettung.
Dann verharrt er an diesem Punkt und beobachtet, wie von jenseits des Shannon eine Regenfront naht, den Fluss überschreitet und auf ihn zukommt.
So haben die Mönche die angreifenden Wikinger und später die Normannen beobachtet, stellt sich der Junge vor.
Ob sie in diesem Moment Angst hatten, Panik wie er, heute auf dem Schiff?
Oder war ihr Gottvertrauen stärker als die Angst vor Sklaverei oder Tod?
Udo erwartet, dass sich jeden Augenblick der Himmel über ihm öffnet und einen Schwall kalten Regens, gemischt mit Hagel, auf ihn schüttet.
Udo schließt die Augen und stellt sich seiner Angst, statt wegzulaufen und sich unterzustellen. Er ist tapfer wie ein edler Ritter, so wie Prinz Eisenherz und die Ritter der Tafelrunde.
Der Himmel öffnet seine Schleusen. Etwas Unerwartetes geschieht.
Udo fühlt sich von einem auf den anderen Augenblick geborgen. Über ihm hat sich die Wolkendecke gerade so weit geöffnet, dass das gebündelte

Sonnenlicht nur auf ihn fällt. Er steht im Trockenen, während um ihn herum der Regen prasselt. Er bleibt trocken. Der Boden um den Mauerrest, auf dem er steht, wird erst zum Teich und dann zu einem Sturzbach, der über den Rand, auf dem einmal eine Mauer stand, hinunter zum Fluss schießt.
Udo hört eine Stimme, die beruhigende Worte zu ihm spricht, aber im Traum gelingt es ihm nicht, einzelne Worte zu identifizieren. Es klingt eher wie Musik.
Nur alle seine Verspannungen und Ängste sind weggeblasen.
Das Gefühl unendlichen Glücks durchflutet Udo. Er ist eins mit der Natur, dem Universum und der Schöpfung.

Nach dem Traum erwacht Udo Neubert, später Hartmut Deutsch, in seiner verhassten Existenz des Manfred Häcker in Erftstadt-Liblar und kehrt damit zurück ins Jahr 2018.
Gerne hätte er in dem Traum verharrt, aber der vergeht.
Er läßt sich nicht festhalten, obwohl ein „dream catcher“ über Häckers Bett hängt.
Gut erinnert er sich hingegen, an die Reaktion anderer Menschen, als er denen seine Begegnung erzählte:
Nach den Ferien, zurück in Deutschland, schreibt er in der Schule einen Aufsatz über seine Erlebnisse im Urlaub. Er berichtet über die Reise auf dem Shannon, das Leben auf dem Boot und das Kloster Clonmacnoise.

Zum Schluss versucht er das dort Erlebte in Worte zu fassen:
„Ich bin an diesem Tage Gott begegnet. Es ist kein alter Mann mit Bart.
Gott ist Wärme, Musik, Geborgenheit und Licht."
Der Deutschlehrer hatte die Klausur mit „gerade noch ausreichend" bewertet und bemerkt:
„Gefragt war kein Fantasie-Aufsatz, sondern ein Tatsachenbericht.
Thema verfehlt!"
Und sein Religionslehrer hatte ihn gewarnt, nicht Gott zu lästern.
Das hatte ihn mit Zorn und Hass auf seine Lehrer erfüllt, die er von da an für ungläubig hielt.
Seinen Glauben, direkt mit Gott kommuniziert zu haben und dadurch besonders zu sein, hatten weder die Lehrer noch seine Eltern anfechten können.
Im Gegenteil, er fühlte sich denen, die ihm nicht glaubten, überlegen, denn nur ihm hatte sich Gott zu erkennen gegeben.
Er sprach nie wieder mit Menschen über Gott.
Die Zweifler an seiner Geschichte waren und sind nur Spreu.

Im Ergebnis aber hat ihn diese Gewissheit, auserwählt zu sein, bislang stets davor bewahrt, seinem nach Marias Tod und seiner Flucht in den Alkohol als nutzlos und elend empfundenen Leben selbst ein Ende zu setzen.

Des öfteren hatte er sich gefragt, zu welchem Zweck er auserwählt worden war.

Da er nie eine Antwort fand, war in ihm mit der Zeit der Verdacht gewachsen, seine Erinnerung habe ihm einen Streich gespielt und sei nur ein Hirngespinst.

Er nimmt an, dass es kein Zufall ist, dass er gerade jetzt diesen Traum hatte und dass der die Antwort auf sein letztes Zwiegespräch mit Gott sei.

2.8. Ermittlungen[8]

Die durch den Traum wiedererweckte Erinnerung an Clonmacnoise und das Gefühl, doch auserwählt zu sein, hat die Nacht überdauert.
Das macht ihn mental stark, selbst wenn sein Körper weit von der Fitness entfernt ist, die er früher, in der Zeit mit Maria, aufzuweisen hatte.
Er interpretiert den ihm von Kriminaldirektor Funke erteilte Auftrag an diesem Morgen neu:
„Gott hat mir die Aufgabe zugewiesen, einen falschen Propheten zu entlarven und dessen Treiben zu beenden."
Das motiviert ihn.
Jetzt gilt es, das weitere Vorgehen zu strukturieren.

Häcker blättert in dem Papierkonvolut, welches ihm an Stelle einer ordentlich geführten Akte übergeben worden war.
Sein Blick bleibt an dem Wort „Volksverhetzung" hängen.
Damit kann er nichts anfangen.
Also entschließt er sich, in der Buchhandlung Köhl in Lechenich einen Strafrechtskommentar zu kaufen.
Die freundliche Verkäuferin bot an, den Kommentar von „Thomas Fischer zum Strafgesetzbuch, 65. Auflage 2018" zu bestellen.
„Ganz schön teuer!", kommentiert Häcker, als er das Buch zwei Werktage später abholt und bezahlt.

---

8 Liblar, 4. Juni 2018

Von seinem privaten Geld hätte er eine solche Ausgabe nie getätigt.
Er aber hat ja angeblich unbegrenzte Mittel. Das macht ihn immer wieder stutzig.
„Irgendetwas stinkt bei dieser Sache. Ich traue dem Funke nicht. Vielleicht ist der Auftrag eine Falle, um mich loszuwerden“, denkt er auf dem Rückweg in seine Wohnung nach Liblar.
Dort legt er, ungeachtet seiner Bedenken, gleich los.
Um keinen Straftatbestand zu übersehen, mit dem die Ermittlungen zum Erfolg führen, beginnt er sein Studium des Textes im ersten Abschnitt des besonderen Teils des Strafgesetzbuches.
Die Begriffe „Friedensverrat“, „Hochverrat“, „Gefährdung des demokratischen Rechtsstaates“ scheinen ihm dann doch zu weit hergeholt und unpassend.

Der Tatbestand des „Landesverrates und der Gefährdung der äußeren Sicherheit“ trifft bei genauerem Hinsehen nicht auf Handlungen zu, die sich, so zumindest Häckers derzeitiger Kenntnisstand, auf die Anprangerung von Gier, Umweltzerstörung und Warnungen vor dem durch Menschen verursachten Klimawandel beziehen.
Häcker blättert weiter, findet im sechsten Abschnitt einen ersten Begriff, den er aus seiner Polizeiausbildung kennt:
„Widerstand gegen die Staatsgewalt“
Er nimmt die Vorschrift in eine Liste auf, die ihm im Weiteren helfen soll.

Dann findet er den Begriff „Gefangenenbefreiung".
Sein Chef hatte angedeutet, dass jemand dem Beschuldigten bei seiner Flucht aus der geschlossenen Abteilung der Psychiatrie geholfen habe.
Aber war der in der Zülpicher Anstalt Untergebrachte ein Gefangener im Sinne der Strafvorschrift. Hier macht sich der teure Kommentar bezahlt, der Häcker darüber aufklärt, dass auch Personen, die auf behördliche Anordnung in einer Anstalt verwahrt werden, unter den Gefangenenbegriff der Vorschrift fallen.
Häcker blättert in den Unterlagen. Eine behördliche Anordnung findet er nicht.
Er vermerkt in seinen Unterlagen:
„Ich muss herausfinden, wie der Beschuldigte in die Anstalt gekommen ist."
Er legt sein Notizbuch bei Seite und findet, dass er für heute genug gearbeitet habe.
Stattdessen sieht sich Häcker bei einer Flasche Mineralwasser (!) einen Tatortkrimi an und belächelt die Darstellung der Polizeiarbeit im Film, die mit dem, was er im Polizeidienst abarbeitet, absolut nichts gemeinsam hat.
Zu sich selbst sagt er:
„Warum gibt es nicht einen Straftatbestand „Volksverdummung?"

Bevor er ins Bett fällt, öffnet er seinen Tresor und entnimmt eine der beiden Schusswaffen, seine Dienstwaffe, lädt sie fertig und vergewissert sich, dass sie gesichert ist.
Er platziert die Waffe neben seinem Kopfkissen und versucht einzuschlafen.

2.9. Eine alte Rechnung[9]

Häckers Plan für den folgenden Tag sieht vor, dass er versucht, den Begriff der Volksverhetzung zu erfassen, damit er Äußerungen des von ihm zu verfolgenden Flüchtigen richtig zuordnet. „Wenn ich nicht weiß, wonach ich suche, kann ich es nicht finden", würde er seinem Vorgesetzten zur Rechtfertigung sagen.

Solange das Wetter es zulässt, beginnt Häcker den Tag auf seinem Balkon. Zum morgendliche Ritual gehört eine Tasse „Earl Grey".

Beim Abstellen seiner Tasse greift er nach dem Sitzkissen für den Stuhl. Dabei fällt sein Blick auf die Straße vor seinem Wohnhaus. Dort steht der schwatzhafte Hausmeister mit eben jenem Fremden, der ihm im Treppenhaus begegnet war.

Instinktiv tritt Häcker einen Schritt zurück, um nicht gesehen zu werden.

Nach einer Weile löst sich der Fremde vom Hausmeister und schlendert Richtung S-Bahnhof.

„Planänderung!", murmelt Häcker im Selbstgespräch und zieht sich blitzschnell an, denn er trägt nur Schlafanzug und Bademantel.

Er verlässt die Wohnung und sucht das Gespräch mit dem Hausmeister.

„Guten Morgen!"

„Morgen", muffelt der Hausmeister.

---

9 Liblar, 5. Juni 2018

„Haben wir wieder einen neuen Mieter?“, beginnt Häcker ein Gespräch.

Die Frage wirkt. Als habe Häcker ein Fass angestochen sprudelt es aus dem Hausmeister heraus:
„Jetzt haben wir einen Italiener und damit die zwölfte Nationalität in diesem Haus. Eigentlich sind Italiener kein Problem, im Gegensatz zu den Islamisten, bei denen man nie wissen kann, ob es Mitglieder einer Terrorgruppe sind.“
„Ja, aber dafür gibt es in Italien die Mafia,“ entgegnet Häcker.
„Der Herr Rossi hat sicherlich nichts mit der Mafia zu tun. Der arbeitet in der Pizzeria dort um die Ecke von 11.00 Uhr bis spät in die Nacht. Ein fleißiger ehrlicher Mann. Er wohnt über Ihnen im obersten Stockwerk.“
„Prima, dann werden wir mit dem keine Probleme bekommen!“
Häcker schickt sich an, weiterzugehen, da bemerkt der Hausmeister:
„Merkwürdig ist schon, dass Herr Rossi keine Möbel mitgebracht hat.
Er ist praktisch mit zwei Koffern eingezogen. Gut, dass eine Einbauküche vorhanden ist. Inzwischen ist eine Matratze angeliefert worden.
Fast jeden Tag nehme ich ein Paket für den Mann an, da die Lieferdienste immer kommen, wenn er auf Arbeit ist. Aber eins darf ich sagen:
Obwohl er in der Pizzeria nicht viel verdienen wird, ist er immer großzügig mit Trinkgeldern.“

„Ich muss", sagt Häcker und bewegt sich Richtung Norma Markt, um sich nicht verdächtig zu verhalten. Er hat alles, was er braucht, schon im Kühlschrank, aber irgendetwas kann man immer kaufen.

Einmal im Supermarkt verfällt Häcker den Verlockungen des Angebotes und kauft Ware, die er aktuell nicht benötigt: Kekse und Gebäck für den Fall, dass jemand zu Besuch kommt, Fleischkonserven und Fertiggerichte für den Notfall und Energy-Riegel, um auf einer Flucht nicht in die Unterzuckerung zu fallen.
Nie hat ihn jemand besucht. Daher hält er sich keine größeren Vorräte. Eine Katastrophe in Form des flächendeckenden Stromausfalls ist nicht absehbar und wenn, dann wird er ohne Strom mit den Fertiggerichten kaum etwas anfangen wollen.
An Flucht denkt er derzeit nicht.
Im Gegenteil: Bei der Wahl zwischen Flucht oder Kampf hat sich Häcker stets für Kampf entschieden.

Zurückgekehrt in seine Wohnung wartet Häcker ungeduldig darauf, dass Rossi auf der Straße erscheint und dann seine Arbeit in der Pizzeria antritt.
Von seinem Balkon aus hat er den perfekten Blick auf den Bürgerplatz und dessen Geschäfte.
Kurz vor 11.00 Uhr kommt Rossi auf den Platz.
Häcker wartet bis 12.00 Uhr, um sicher zu sein, dass der seinen Arbeitsplatz nicht verlassen kann. Mittags ist immer viel Betrieb in der Pizzeria, denn die Mittagsmenükarte ist günstiger als die Abendkarte.

Schließlich verlässt Häcker, nachdem er sich vergewissert hat, dass das Treppenhaus frei ist, seine Wohnung und strebt zügig zwei Stockwerke höher.
Dort betrachtet er prüfend die Namensschilder an den Wohnungstüren.

Bei einer der Wohnungen fehlt der Name, die übrigen weisen Namen aus, die nicht italienisch klingen.
„Das wird die Wohnung des Italieners sein", denkt Häcker.
Bevor er die Tür mit einem Dietrich öffnet, klingelt er und wartet einen Moment.
Da niemand reagiert, öffnet er die Tür vorsichtig, nicht ohne vorher nach geheimen Zeichen, wie beispielsweise einem Plastikstreifen zwischen Tür und Rahmen, geschaut zu haben.
Schnell verschafft er sich einen Überblick: Wie der Hausmeister erwähnt hat, fehlen die Möbel.
Neben einer Matratze mit zwei Wolldecken steht eine Kleiderstange, an der Hemden, Hosen und Jacketts hängen. Daneben gibt es zwei Plastikkartons mit Unterwäsche, Strümpfen und Handtüchern.
Kein Telefon, kein Radio, nur neben der Matratze, auf dem Boden liegend, ein Laptop, der sofort Häckers Interesse auf sich zieht.
„Passwortgeschützt, Sch… …"
Häcker verlässt den Wohnraum, inspiziert kurz das Bad und betritt die Küche.
Er erstarrt. In der Küche stehen zwei gerahmte Fotos:
Auf einem Foto lächelt seine Maria in die Kamera.

Das andere ist das seinerzeitige offizielle Foto seiner Verlobung mit Maria.
Häcker schaut ungläubig auf das Gruppenfoto, auf dem sein Gesicht mit erkennbarem Hass ausgekratzt wurde.
In der Schublade findet er dann neben einigen Messern ein weiteres Foto von sich, auf dem er klar zu erkennen ist, wie auf einem Steckbrief.
Daneben liegt ein Schreiben an Herrn Giovanni Rossi.
Sofort erinnert er sich an einen Giovanni, der sich für Maria interessiert hatte, Giovanni Fontana.
„Deshalb kam der mir bekannt vor."

„Ich oder er; Leben oder Tod", murmelt Häcker.
In diesem Moment ist er fest entschlossen, ihm zuvorzukommen und ihn zu töten, statt abzuwarten, dass Giovanni Rache übt und ihn tötet.
Häcker ist klar, dass schnelles Handeln geboten ist, bevor Rossi Verstärkung durch seine Sippe aus Italien erhält.
„Vielleicht sind sie schon unterwegs nach Liblar", denkt er und verschwindet schnell und unauffällig aus der Wohnung seines Feindes.
Zurück in der eigenen Wohnung überdenkt Häcker seine Alternativen:
Erschießen: Auf keinen Fall mit der eigenen Dienstwaffe! Aber er hat eine nicht registrierte Zweitwaffe, die er bei einer Beschlagnahme nicht an- und abgegeben hat.
Ersticken: Im Schlaf überraschen und dafür sorgen, dass er nicht mehr aufwacht.

Ein hohes Risiko, da es sich nicht vorhersagen lässt, wann sich Rossi in einer Tiefschlafphase befindet.
Vergiften: Scheitert schon an der Logistik.
Überfahren: Die Wahrscheinlichkeit der Aufklärung durch die Polizei ist zu hoch.
Häckers Mordfantasien sind beschränkt.
Häcker ist kein Killer. Maria hat er in Notwehr erschossen.
Aber es besteht Handlungsbedarf.
Er läuft in seiner Wohnung auf und ab, vom Wohnzimmer in die Küche und zurück.
Dann zuckt ein Lächeln über sein Gesicht. Er greift zum Handy und wählt eine Nummer in Italien.
Ein alter Bekannter aus der Anti-Mafia Behörde meldet sich.
Sie sprechen deutsch. Nach einer ausführlichen Begrüßung kommt Häcker, der sich unter seinem damaligen Namen Hartmut Deutsch gemeldet hat, zum Anlass seines Anrufes:
„Steht ein Rossi auf euren Fahndungslisten?"
„Rossi ist ein häufiger Namen in Italien."
„Ich denke, dass Rossi nicht sein wirklicher Namen ist. Er erinnert mich stark an einen Bekannten von Maria mit dem Familiennamen Fontana, Giovanni Fontana."
„Nach wie vor fahnden wir nach den Fontanas, nach dem Vater Ernesto und nach den beiden Söhnen, Giovanni und Eduardo."

„Dann habe ich was für euch.
Es wird Giovanni Fontana sein, der hier in Erftstadt-Liblar wohnt, in einem großen Mietshaus, in dem Haus, in dem auch ich wohne.

Er ist mir im Treppenhaus begegnet. Ich denke, dass er mich erkannt hat, denn in seiner Wohnung hat er ein Foto von mir und eins von meiner Verlobung mit Maria. Damals war er der Meinung, sie stehe ihm im Wort und müsse ihn heiraten. Wie du dich erinnern wirst, habe ich Maria in Notwehr erschossen. Er wird versuchen, Rache zu nehmen, denn aus seiner Sicht habe ich ihm seine Braut genommen.
Ich vermute, dass er seine Familie über meinen Aufenthalt informiert hat und einige Familienmitglieder hier auflaufen werden."
„Ja, da wirst du Recht haben. Die Familie ist uns heilig. Du bist in Gefahr.
Gib mir deine genaue Adresse!"
Häcker und sein Kollege in Italien tauschen alle notwendigen Informationen aus, die die Italiener brauchen, um die deutschen Behörden um Amtshilfe zu ersuchen.
Dann verabschieden sie sich.
„Sei vorsichtig Hartmut."
„Bin ich."
Ist Häcker auch, denn als er aufgelegt hat, packt er seine Reisetasche mit dem Nötigsten, verschließt seine Wohnung und fährt mit seinem VW Golf Richtung Bad Neuenahr-Ahrweiler, wo er unter dem Namen Udo Neubert wie ein Wochenendtourist in einem Hotel nahe dem Spielcasino ein Zimmer bezieht.
Dann ist „Zocken auf Staatskosten" angesagt.
Sollte er, Häcker, seinen Einsatz am Spieltisch verlieren, würde er diesen als Recherchekosten verbuchen.

Tatsächlich benötigt er das staatliche Geld nicht einmal.
Er hat eine Glückssträhne und hat am Ende nach Abzug seines Einsatzes einen Gewinn von 1000 €.
Dennoch wird er nicht übermütig, denn er kennt Fortuna und ihre Launenhaftigkeit.
Er verlässt das Casino, um sich bei seinem italienischen Kontakt über den „Stand der Dinge“ zu informieren.
Die Sache ist angelaufen.
„Sag mir nicht, wo du dich aufhältst und zeig dich nicht!“, rät ihm sein Ansprechpartner, der davon ausgeht, dass es in seiner Behörde Kollegen gibt, die auf einer Mafia-Gehaltsliste stehen.

2.10. Ein mörderisches Treffen[10]

Als Eduardo Fontana mit dem Oberhaupt der Familie Fontana, Ernesto Fontana, die Pizzeria am Bürgerplatz betritt, werden sie gebührend empfangen.
Giovanni küsst, mit einer tiefen Verbeugung, den Ring seines Vaters und der Wirt, der die Stellung von Ernesto in der Gesellschaft nicht kennt, folgt ihm sicherheitshalber und zeigt auf gleiche Weise Respekt.

Das Lokal ist am Freitag Abend wie stets gut besucht. Dennoch wechselt Giovanni die Rolle. Aus dem Mitarbeiter wird ein Gast.

Zwei junge Polizisten in Zivil beobachten die Familie unauffällig. Sie und er mimen ein Liebespaar. Der Mann genießt seine Rolle, in der er seine Kollegin ohne die Gefahr, dafür belangt zu werden, hemmungslos küsst.
Diese macht in der aktuellen Situation gute Miene zum bösen Spiel und konzentriert sich auf die Gespräche am Tisch der Fontanas. Am nächsten Tag wird der Kollege sein Verhalten bereuen.
„Merkwürdig“, flüstert die Polizistin, „eine Begrüßung von Familienmitgliedern, die sich länger nicht gesehen haben, fällt unter Italienern üblicherweise lauter und herzlicher aus.“

---

10 Liblar, den 8. Juni 2018

Am Tisch der Fontanas wird überwiegend geschwiegen und wenn, dann leise geredet.
Liegt das am Vater Ernesto? Dessen Name, „der Ernste“, „der Gestrenge“, scheint Programm zu sein.
Giovanni ist ungeduldig und versucht das Gespräch auf Häcker zu lenken.
Aber ein Blick des Familienoberhauptes reicht aus, um ihn verstummen zu lassen.

Erst wird gegessen.
Der Wirt serviert zunächst die Platte mit den kalten Antipasti.
Dann folgen die warmen Antipasti.
Als primo platto wird eine Auswahl von drei Nudelgerichten aufgetragen.
Die secondo platto besteht auf Ernestos Wunsch für alle aus Agnello all forno.
Den Wein hat das Familienoberhaupt ausgesucht: ein roter Lacryma Christi del Versivio DOC.
Während der Wirt seinen Gästen sonst Mineralwasser in Flaschen verkauft,
steht auf dem Tisch dieser speziellen Gäste eine Karaffe mit Wasser, so wie sie es aus ihrer Heimat gewohnt sind.

Nach vier Stunden, je einem Grappa und einem Espresso, ist das Mahl beendet.
Das Polizistenpaar wurde zwischenzeitlich ausgetauscht, um keinen Verdacht zu erregen.

Ernesto weist seinen Ältesten an, zu bezahlen und mit einem großzügigen Trinkgeld aufzurunden.

Erschöpft und glücklich genehmigen sich der Wirt und sein Koch mehrere Grappi, nachdem die Familie Fontana ihr Lokal verlassen hat.
„Sie waren zufrieden! Gott sei Dank!"

Erst in Giovannis Unterkunft kommen die Besucher aus Italien auf den Grund ihrer Visite zurück: Rache an Häcker alias Hartmut Deutsch.
„Die sind wir meinem Cousin schuldig", erklärt der Alte.
Die ausschweifenden Folterfantasien seiner Söhne teilt er nicht.
„Wir tun es vor Ort in seiner Wohnung. Damit scheiden viele Möglichkeiten aus.
Wir dringen leise in seine Wohnung ein, während er schläft, betäuben ihn, fesseln ihn und verhindern mit einem Knebel, dass er um Hilfe rufen kann.
Wenn er wieder das Bewusstsein erlangt hat, erkläre ich ihm, wer wir sind und weshalb wir ihn töten.
Eduardo, du stichst ihm die Augen aus, mit denen er Maria angesehen hat. Dann kastriert Giovanni ihn und wir lassen ihn verbluten."
Die Söhne wagen es nicht zu widersprechen.
Ernestos Ansage ist Gesetz.

Eduardo wird angewiesen vor dem Haus auszukundschaften, wann das Licht in Häckers Wohnung erlischt.

Giovanni bereitet derweil seinen Abgang aus der Wohnung vor und packt einen Koffer mit dem Nötigsten, den er später in den Wagen, mit dem die Fontanas angereist sind, bringen wird. Er erhält neue Personalpapiere auf den Familiennamen „Balboni".

Im Anschluss an den Mord werden sie Giovanni ins Münsterland fahren zu Verwandten, bei denen er in der Pizzeria arbeiten wird. Ernesto und Eduardo werden in die Schweiz reisen, dort eine Weile bleiben und wenn nichts weiter geschieht, nach Italien zurückkehren. So der Plan.

2.11. Zugriff[11]

Als die Fontanas von der Pizzeria ins Haus wechselten, werden sie scharf beobachtet.
Der Einsatzleiter befindet sich in einem mit Technik gespickten Transporter, der um die Ecke am Leipziger Ring in einer Haltebucht steht.
Das Sondereinsatzkommando wartet ebenfalls in nicht einsehbaren Transportern auf dem Schulhof der Grundschule, nicht weit entfernt.
„Sie scheinen keine Waffen bei sich zu tragen", mit diesen Worten beginnt der Einsatzleiter die Ansprache.
Vom Team kommt der Hinweis, dass die Wohnung Rossi überprüft worden sei, ohne eine Waffe zu finden.
„Bleibt nur die Möglichkeit, dass sich die Waffen im Wagen befinden, der unweit des Einsatzfahrzeuges geparkt ist. Am sichersten ist, dass wir sie festnehmen, bevor sie an ihre Waffen gelangen. Beobachtet den Wagen!"
Ein junger Polizist wirft ein, man müsse sie doch in flagranti bei einem Mordversuch in Häckers Wohnung ertappen, da lächelt der Einsatzleiter:
„Nein, das müssen und das wollen wir nicht. Wir vollstrecken einen internationalen Haftbefehl. Wichtig ist mir daher nur, die eigenen Leute so wenig wie möglich zu gefährden."
Lange geschieht nichts.

---

11 Liblar, 8. Juni 2018

Dann schlendert Giovanni Fontana scheinbar entspannt mit einem Koffer am Einsatzfahrzeug vorbei in die Richtung des Wagens, mit dem seine Verwandten angereist sind.
Der Einsatzleiter informiert das Sondereinsatzkommando und befiehlt:
„Zugriff, bevor er das Auto oder den Kofferraum öffnet."
So geschieht es.
Giovanni ist völlig überrascht und leistet keine Gegenwehr.

Als es später an der Türe von Giovannis Wohnung klopft, öffnet Ernesto, ohne durch den Türspion zu schauen.
Ein dummer Fehler, der aber letztlich Schlimmeres verhindert.
Die unbewaffneten Italiener haben gegen den professionellen Zugriff der gut ausgebildeten Polizei keine Chance.
Damit sind die nach Deutschland gereisten Mitglieder der Familie Fontana aus dem Verkehr gezogen.

2.12. Paragrafendschungel[12]

Häcker wird in der gleichen Nacht informiert, genießt aber weiter sein Hotel und das Spielcasino und verliert am nächsten Tag seinen kompletten bisherigen Gewinn. Fortuna ist ihm nicht mehr hold.
„Am Ende gewinnt immer das Casino!"
Bevor er depressiv wird und einen Rückfall in Sachen Alkohol erleidet, macht sich sein Handy vibrierend bemerkbar. Gleichzeitig reißt ihn der Klingelton „Gitarre" aus seinen Gedanken. Er schaut aufs Display. „Funke, der Kriminaldirektor!"
In Erwartung irgendwelcher Vorhaltungen nimmt Häcker das Gespräch an.
„Ich hoffe, dass es Ihnen gut geht und Sie mit Ihrem Auftrag vorankommen."
„Ehrlich gesagt, ich war etwas abgelenkt. Die Vergangenheit hatte mich eingeholt."
„Ich bin im Bilde. Was möchten Sie zuerst hören, die gute oder die schlechte Nachricht?"
Häcker entscheidet sich: „Die Gute!"
„Tja, wie soll ich sagen? Die Abteilung wurde belobigt wegen der hervorragenden Zusammenarbeit mit den italienschen Kollegen beim Aufgreifen der gesuchten Mafiosi.
Abgesehen davon, dass das nicht Ihr Auftrag war, haben Sie bei mir einen Pluspunkt gesammelt. Aber nun sollten Sie sich

12 Bad Neuenahr-Ahrweiler, den 9. und 10. Juni 2018

wieder auf Ihre Arbeit fixieren und den aus der Psychiatrie entflohenen Straftäter aufspüren."
Häcker kommentiert das Statement seines Vorgesetzten nicht und fragt stattdessen:
„Und die schlechte Nachricht?"
„Nach der Festnahme der ergriffenen Italiener wurden diese an die Kollegen aus Italien überstellt. Die Gesuchten sind ihnen während der Fahrt durch die Schweiz entwischt.
Das bedeutet, dass Sie wieder in Gefahr sind. Ich habe angeordnet, dass Ihre Wohnung überwacht wird. Sie können zusammen mit den Kollegen ein letztes Mal in die Wohnung, um dringend benötigte Dokumente und persönliche Gegenstände an sich zu nehmen.
Den Rest werden wir ausräumen und einlagern. Sie suchen sich eine möblierte Bleibe oder besser zunächst eine Pension, von der aus operieren Sie, bis Sie herausgefunden haben, wo sich unser Verdächtiger aufhält. Geld haben Sie ja reichlich. Frohes Schaffen oder haben Sie Fragen?"
„Danke, keine Fragen", versichert Häcker und ist froh, dass Funke das Gespräch beendet.
Er beschließt, dem Casino fernzubleiben und sich in die Arbeit zu stürzen, und nicht weiter über sein Schicksal nachzudenken.

Er sucht im Kommentar zum Strafgesetzbuch den Begriff „Volksverhetzung".
Er findet ihn in § 130 Strafgesetzbuch.
Mehrfach liest er den Gesetzestext mit seinen sieben Absätzen und zahlreichen Verweisen auf andere gesetzliche Bestimmungen.

Häcker stöhnt: „Gut, dass ich nicht Jura studiert habe!"
Als Arbeitsergebnis hält er für sich fest:
Ich suche eine Person, die gegen Gruppen oder einzelne Gruppenmitglieder zum Hass aufstachelt, zu Gewalt- oder Willkürmaßnahmen auffordert und die Menschenwürde anderer angreift.
Sofort denkt er an das alltägliche Politikerbashing im Netz oder auf Demonstrationen, an den immer offener zur Schau gestellten Antisemitismus, die Leugner des Holocaust und Neonazis.
Häcker ist verwirrt. Ist der Gesuchte ein Nazi? Und wenn, warum enthält die Akte kein einschlägiges Material; keine Verfassungsschutzberichte, nur wenige aus dem Internet heruntergeladene Dateien mit Beiträgen aus dritter Hand und Kopien von Zeitungsartikeln?
Häcker ist sich bewusst, dass Presseartikel über ein Ereignis vor Gericht keine Beweiskraft entfalten.
Vielfach werden in Zeitungsartikeln keine Tatsachen dargestellt, sondern Interpretationen und Meinungen, die der durchschnittliche Leser dann als Tatsachenbericht wahrnimmt.
Im Strafrecht aber zählen nur Tatsachen.
Häcker stellt dazu fest, dass die Akte keine bezeugten wörtlichen Äußerungen des Verdächtigten enthält.
Er erinnert sich an einen Satz eines Polizeiausbilders: „Ihr stellt Tatsachen fest, die Bewertung überlasst Ihr den Juristen."
In seiner To-do-Liste hält er fest:
Feststellen, was der Verdächtigte geschrieben, gesagt, gepostet oder durch Dritte verbreitet hat.
Sobald er eine neue Bleibe gefunden hat, wird er sich an den letzten Ort begeben, wo sich die gesuchte Person zweifelsfrei aufgehalten hat.

2.13. Zülpich[13]

Häcker entscheidet sich, in Zülpich im Hotel Europa in der Bonner Straße Quartier zu nehmen.
Von seinem Hotel sind es bis zur Marienborn Fachklinik für Psychiatrie und Psychotherapie nur 1,2 km, ein annehmbarer Spaziergang.
Inzwischen hat sich Häcker so weit mit den gesetzlichen Bestimmungen für einen Aufenthalt in einer psychiatrischen Klinik auseinandergesetzt, dass er sich zutraut, ein Gespräch mit einem Verantwortlichen für die psychiatrische Abteilung zu führen.
Häcker fasst seine Überlegungen zusammen:
Es scheidet aus, dass sich die gesuchte Person freiwillig in die Klinik begeben hat, denn dann hätte sie das Recht, jederzeit ihre Entlassung zu fordern.
Es gibt keinen Anhaltspunkt für eine strafrechtliche Verurteilung mit anschließender Unterbringung.
Als Einweisungsgründe kommen eine akute Selbstgefährdung oder Fremdgefährdung in Frage.
Also ist zwingend davon auszugehen, dass eine gerichtliche Einweisungsverfügung vorliegt oder ein Antrag der örtlichen Ordnungsbehörde, gestützt auf ein ärztliches Gutachten und eine Überprüfung der Unterbringung durch das Amtsgericht stattgefunden hat.
Häcker kann sich nicht vorstellen, dass in einer renommierten Fachklinik gesetzeswidrig gehandelt wird, das wäre strafbar.

---

13 Zülpich, 13. Juni 2018

Ausschließen wird er das bei seinen Untersuchungen nicht. Häcker vermutet, dass im vorliegenden Fall, von den vorgenannten Bestimmungen abweichend, eine sofortige Unterbringung ohne vorherige gerichtliche Entscheidung nach § 14 PsychKG (Gesetz über Hilfen und Schutzmaßnahmen bei psychisch Kranken) vorgelegen hat.
Sicher ist das nicht. Die ihm übergebenen Unterlagen enthalten keine diesbezüglichen Hinweise.
Zunächst gilt es aber, eine kundige Auskunftsperson zu finden. Häcker wählt die Telefonnummer der Klinik und wird erst einmal reflexartig abgeblockt:
„Wir unterliegen der ärztlichen Schweigepflicht und dem Datenschutz und geben keine Auskunft über Patienten!"
Geduldig erklärt Häcker dann der Dame in der Telefonzentrale, dass es nicht um Patientendaten gehe, sondern um eine mögliche Straftat, die Befreiung einer eingewiesenen Person und Unregelmäßigkeiten bei der Einweisung und er, Hauptkommissar beim LKA, die Ermittlung leite und sie diese besser nicht behindere.
„Da muss ich Rücksprache nehmen!"
Geduldig bleibt Häcker in der Leitung.
Nach einer gefühlten Ewigkeit bekommt er einen Termin mit dem für die geschlossene Abteilung zuständigen Arzt für den übernächsten Tag.
Bis dahin hat er Zeit, die Gegend zu erkunden, außerhalb der Stadtbefestigung im Spaziertempo oder Intervall-Lauf.

Häcker läuft im Jogging Tempo eine Runde. Die Strecke von circa 5 km führt ihn vom Hotel zum Zülpicher See, am See entlang -soweit zugänglich-, und dann weg vom See zur Klinik.

Er erreicht die Rückseite des Gebäudes, die durch eine große Mauer geschützt wird. Er läuft bis zu einem Durchgang, der zu einem kleinen Park und zum Eingang führt.
Von hier wählt er den direkten Weg zu seinem Hotel. Er geht entspannt über die Straße vor der Klinik zurück, stoppt die Zeit und plant den Ablauf des übernächsten Tages, um den Termin nicht zu gefährden und pünktlich bei seinem Gesprächspartner zu erscheinen.
Den nächsten Tag widmet er der Entspannung und der Erkundung des Ortes. Im Hotel erfährt er, dass es einen kulturellen Rundgang mit 13 Stationen und Infotafeln gibt. Den erkundet Häcker.
Zülpich ist das römische Tolbiacum. Teile der römischen Stadtmauer sind noch erhalten.
Ein geschichtliches und touristisches Highlight ist die Römertherme auf dem Mühlenberg.
Gleich nebenan repräsentiert die kurkölnische Landesburg Zülpich das Mittelalter. Heute beherbergt sie ein Fitnessstudio mit Wellnessbereich.
Häcker besucht beides.
Ins Hotel zurückgekehrt legt er sich am späten Nachmittag auf sein Bett.
Er erwacht am nächsten Tag in der Morgendämmerung. Der Stress der letzten Tage und die ungewohnten Sportaktivitäten haben Tribut gefordert.
Er hat die Zeit, um ein ausgedehntes Frühstück zu genießen und frohen Mutes durch die Morgensonne zur Klinik zu spazieren. „Kein Vergleich mit dem öden Bürojob“, freut sich Häcker, „das ist Lebensqualität.“

2.14. Termin in der Psychiatrie[14]

Angekommen bemerkt er, dass das Krankenhaus mehrere Eingänge hat.
Häcker folgt dem Herdentrieb und wählt den ersten Eingang, vor dem sich schon einige Menschen angesammelt haben.
Fragend schaut ihn die Krankenhausmitarbeiterin an.
„Wie ist Ihr Name? Sind Sie angemeldet? Kommen Sie als Patient oder als Begleitperson?"
Verwirrt zückt Häcker seinen Dienstausweis:
„Ich bin verabredet mit Herrn Dr. Firmnich! Wenn Sie mich bitte anmelden könnten."
„Kann ich leider nicht."
Häcker schnappt nach Luft.
Bevor Häckers Blutdruck signifikant ansteigt, fährt sie fort:
„Sie befinden sich in der Tagespflege. Wenn Sie auf die Stationen wollen, benutzen Sie bitte den nächsten Eingang. Nach unserem Ausgang nach links wenden, dann können Sie das Eingangsportal nicht verfehlen."
„Danke."
Häcker zwängt sich an den hinter ihm wartenden Patienten der Tagespflege und deren Begleitpersonen vorbei und hinaus. Er wendet sich nach links, sieht den Haupteingang und bemerkt das Schild „Tagespflege" am Eingang des soeben besuchten Gebäudeteils.

14 Zülpich, 15.Juni.2018

„Das beginnt ja gut!“, ärgert sich Häcker über sich selbst, um dann zu denken:
„Immerhin haben sie mich wieder herausgelassen!“
An der richtigen Pforte angekommen, wird seine Geduld herausgefordert.
Vor der Anmeldung durch ein Fenster der Pforte versucht eine offensichtlich verwirrte und verzweifelte ältere Frau in das Dienstzimmer zu gelangen, weil dort ihre Eltern auf sie warteten.

Eine Mitarbeiterin versucht sie mit Engelsgeduld zu beruhigen und ihr zu erklären, dass ihre Eltern nicht dort seien.
Das erregt die Person weiter: „Meine Eltern haben mich verlassen.“
Wildes Schluchzen.
Die Mitarbeiterin greift zum Telefon und ruft auf einer Station an:
„Die Gertrud sucht wieder bei mir in der Pforte ihre Eltern!“
„Ich schicke einen Pfleger.“
Es dauert. Die Frau ruft: „Mutter, wo bist du?“
Häcker denkt, dass die Eltern schon deshalb keinen Kontakt mehr zu ihrer Tochter haben, weil sie schon tot sind, denn er schätzt das Alter von Gertrud auf 80 Jahre.
Endlich erscheint ein Bär von einem Mann und nimmt sich der wehklagenden Alten an. Ohne Gewalt, aber sehr bestimmt, führt er sie zurück auf ihre Station.

Die Szene hat Häckers berufliches Interesse geweckt.

Er zückt seinen Dienstausweis, setzt sein Dienst-Gesicht auf und fragt die Pforte:
„Wie kann es sein, dass eine Patientin ihre Station einfach so verlassen hat?"
„Sie ist auf einer offenen Station untergebracht. Wer dort untergebracht ist, kann sich abmelden und zum Beispiel in die Cafeteria oder in den Park gehen, er oder sie dürfen das Klinikgelände aber nicht ohne Begleitung verlassen. Die Tür der Station ist anders als bei der geschlossenen Unterbringung nicht verschlossen.
Aber Sie sind doch nicht hierher gekommen, um mich das zu fragen?!"
„Nein natürlich nicht. Aber Danke für Ihre Erläuterung.
Ich habe einen Termin mit Dr. Firmnich, den Namen seiner Station habe ich vergessen."
Die Empfangsdame kennt Dr. Firmnich und die von ihm geleitete Abteilung.
Sie greift erneut zum Telefon und avisiert einen Kommissar für Dr. Firmnich.

„Sie sollen hoch auf Station kommen. Ich beschreibe Ihnen den Weg. Folgen Sie diesem Gang bis zur Cafeteria......."
In diesem Moment tritt ein Mann vor, der bislang in fünf Meter Abstand den Betrieb am Empfang beobachtet hat.
„Der Eugen bringt Sie hin", beendet die Rezeptionistin ihre Einweisung in den Lageplan der Abteilungen.
Eugen führt Häcker schweigend durch die Gänge. Etwa 10 Meter vor dem Eingang der Station bleibt er stehen und sagt:

„Ich würde so gerne einen guten Kaffee in der Cafeteria trinken, aber ich habe kein Geld. Der Kaffee auf Station ist eine Plörre."
Häcker zückt seine Geldbörse und gibt seinem Begleiter einen 5 € Schein.
„Danke für die Führung. Allein hätte ich mich sicher verirrt."
Eugen strahlt und sagt kurz: „Rechts neben der Tür klingeln, dann kommt jemand, wird aber dauern."
Dann eilt Eugen Richtung Cafeteria.
Zurück bleibt Häcker mit dem Hochgefühl einer guten Tat.
Er klingelt und wartet nicht lange, bis ihn ein Mitarbeiter zu Dr. Firmnich begleitet.
Dieser bittet Häcker, in seinem Besprechungszimmer Platz zu nehmen, er müsse erst einen Patienten versorgen, ein nicht vorhersehbarer Anfall.
Häcker wird Zeuge eines schlimmen Gebrülles, eines mit Stühlen um sich schmeißenden und sich gegen die Pfleger wehrenden Patienten.
Irgendwann ist es wieder ruhig.
Anscheinend wurde der Betroffene überwältigt und sediert.

Die Tür öffnet sich und Häcker nimmt an, dass Dr. Fimnich jetzt mit ihm sprechen werde.
Es ist aber ein Patient, der ihm zuflüstert: „Hol mich hier raus. Meine Verwandten haben mich hier einsperren lassen, um an mein Geld zu kommen.
Ich bin geistig voll gesund. Aber wenn ich sage, dass ich nach Hause will, sagt der Arzt, dass dieser Wunsch beweise, dass ich krank sei."

Häcker läuft es kalt den Rücken herunter. Stimmt das, was der Mann sagt?
Solche Fälle gieriger Angehöriger oder eingesetzter Betreuer gibt es.
Mehrfach zeigte das Fernsehen erschütternde Einzelschicksale.
Als Dr. Firmnich den Gang zu seinem Besprechungszimmer betritt, verschwindet der Patient blitzartig.
„Was wollte er von Ihnen."
„Nichts", lügt Häcker.

2.15. Befragung Dr. Firmnich[15]

„Ich habe mich für Sie freigemacht, obwohl ich nicht erkennen kann, was das Gespräch bringen soll. Die Themen Datenschutz und ärztliche Schweigepflicht brauche ich Ihnen ja wohl nicht zu erläutern."
In diesem herablassenden Ton beginnt Dr. Firmnich das Gespräch.
Bei Häcker steigt der Blutdruck. Bei seinem Vorgesetzten muss er diesen Ton ertragen, nicht aber bei Zeugen und Verdächtigen. Entsprechend scharf und heftig fällt seine Antwort aus: „Ich bin hier nicht zum Spaß und möchte mit Ihnen auch nicht über Ihre Diagnosen diskutieren. Ich ermittele in einem Fall, in dem ein Bürger unter mir nicht bekannten Umständen in Ihre Abteilung eingewiesen wurde und, obwohl es sich um eine geschlossene Station handelt, ohne Ihre oder eine gerichtliche Zustimmung die Behandlung abgebrochen und die Station verlassen hat.
Verkürzt gesagt habe ich zu prüfen, ob ein Fall der Freiheitsberaubung oder der Befreiung eines zwangsweise untergebrachten Patienten vorliegt und wer für was verantwortlich ist!"
Dr. Firmnich, der gewöhnlich die Sedierung eines Patienten anordnet, wenn er in einer solchen Art angegangen wird, ist verblüfft und zögert mit seiner Antwort.
Das nutzt Häcker: „Am besten klären wir zunächst die Frage, wer eingewiesen wurde, vom wem und warum."

15 Zülpich, 15.Juni 2018

Dr. Firmnich greift aus einem Stapel auf einem Beistelltisch eine dünne Akte heraus. Die Akte gibt ihm die Sicherheit und vermeintliche Überlegenheit gegenüber der vor seinem Schreibtisch sitzenden Person zurück.
Er doziert: „In der Zeit, in der ich für diese Station Verantwortung trage, ist nur eine einzige Person entwichen. Er wurde unter dem Namen Michael Zimmermann geführt, obwohl er keine Personalpapiere vorweisen konnte. Auch sonst war der Fall untypisch. Üblicherweise liegt eine gerichtliche Einweisung vor oder der Patient bittet freiwillig um Aufnahme. Im Fall Zimmermann erfolgte die Einweisung durch die Polizei nach § 14 PsychKG unter Berufung auf ein Attest eines Psychiaters/Neurologen mit eigener Praxis in Hürth.
Auf der Einweisung steht vermerkt: Akute Selbst- und Fremdgefährdung.
Sie sehen, alles ist mit rechten Dingen zugegangen."
Häcker schüttelt den Kopf: „Das ist noch zu prüfen! Hat der Aussteller des Attestes den Eingewiesenen gekannt, behandelt oder untersucht?"
Dr. Firmnich reißt sich zusammen. Zweifel und Kritik an seinesgleichen mag er überhaupt nicht. Die Bezeichnung „Götter in Weiß" gefällt ihm.
„Das müssen Sie den einweisenden Arzt fragen."
Er nimmt einen Zettel und schreibt darauf den Namen seines Kollegen und dessen Adresse. Soll doch niemand sagen können, er habe nicht mit der Polizei kooperiert. Dann lehnt er sich, mit sich selbst zufrieden, zurück: „Noch Fragen Herr Kommissar?"
„Hab ich", antwortet Häcker, „meiner Kenntnis nach, muss die Einweisung zeitnah durch einen Richter überprüft werden."

„Selbstverständlich haben wir das veranlasst. Damit ist der Vorwurf der Freiheitsberaubung doch wohl abgearbeitet und vom Tisch."
„Die richterliche Überprüfung bezieht sich auf den Einweisungsgrund, also akute Selbst- oder Fremdgefährdung. Was hat die Richterin oder den Richter denn dazu bewogen, die Feststellung Ihres Kollegen zu akzeptieren und den Verbleib des Michael Zimmerman in der geschlossenen Abteilung abzusegnen?"
„Das müssen Sie die Richterin fragen; Ich schreibe Ihnen das gerichtliche Aktenzeichen und den Namen der Richterin des Amtsgerichtes Euskirchen auf. Mehr kann ich zur Aufklärung nicht beitragen, denn ich habe einen Tag nach der Einlieferung des Patienten meinen Jahresurlaub angetreten. Die Behandlung übernahm meine Kollegin Frau Dr. Daverkausen."
„Hat Frau Dr. Daverkausen vielleicht den Patienten entlassen?"
„Nein, das wäre in der Akte vermerkt und hätte von ihr sorgfältig begründet werden müssen, denn immerhin stand der Vorwurf der Selbst- und Fremdgefährdung im Raum."
„Kann ich Frau Dr. Daverkausen sprechen?"
„Heute nicht. Sie hat ihren freien Tag! Ich veranlasse, dass sie einen Termin mit Ihnen vereinbart, wenn Sie mir eine Telefonnummer nennen, unter der Sie zu erreichen sind."
Häcker bittet um einen Notizzettel und schreibt seine Handynummer auf.
Dr. Firmnich steht auf, öffnet die Tür und ruft einen Pfleger. Zu Häcker gewandt verkündet er: „ Meine ärztlichen Pflichten rufen mich. Auf Wiedersehen."
Zum Pfleger sagt er: „Bringen Sie den Herrn Kommissar raus!"

Dann verschwindet er schnell und bevor sich Häcker weitere Fragen stellen kann in einem anderen Zimmer.
Der Pfleger führt Häcker in die Bibliothek vor eine große Bücherwand und macht sich einen Spaß:
„Hier ist der Ausgang!“
Lauter Bücherregale mit Büchern und keine Tür.
Der Pfleger grinst. „Alles Fake!“
Tatsächlich entpuppt sich die Bücherwand als Tapete, in der, für Häcker nicht zu erkennen, eine Tür versteckt ist.
Häcker ist glücklich, der Abteilung entronnen zu sein.
Er schlendert zum See und setzt sich auf eine Bank. Dort lässt er das Gespräch Revue passieren.
Später im Hotel schreibt er eine Gesprächsnotiz.
Dann plant er das Wochenende.
Er will wieder fit werden und beschließt daher, zwei Tage zu wandern.
Sein Weg führt ihn von Aachen Kornelimünster über Rötgen, wo er übernachtet und am nächsten Tag durchs hohe Venn bis Monschau.

2.16. Befragung Dr. Daverkausen[16]

Häcker wartet am darauffolgenden Montag geduldig auf den angekündigten Anruf der Ärztin.
Sein ganzer Körper schmerzt. Die zweitägige Wanderung hat ihn völlig überfordert. Seine Muskulatur ist übersäuert, seine Fazien überreizt und seine Sehnen leicht gezerrt. So ist er froh, sich nicht bewegen zu müssen.
Die Tage vergehen. Häcker versucht, mit Sauna und Massage wieder fit zu werden.
Am Freitag sitzt er auf einer Bank in der Morgensonne und döst. Als er fast eingeschlafen ist, reißt ihn der Klingelton „Strahlen" aus seiner Beschaulichkeit.
„Häcker"
„Dr. Daverkausen! Sie wollen mich sprechen."
„Ja gerne, sagen Sie mir wann und wo. Ich habe hier in Zülpich ein Hotelzimmer genommen, unweit der Klinik und kann jederzeit zu Ihnen kommen."
„Heute ist das hier ganz schlecht. Ich vertrete neben meiner Arbeit den Leitenden Stationsarzt Dr. Firmnich und wir haben zwei neue Einweisungen. Frühestens am Abend bin ich frei."
„Kein Problem. Ich lade Sie gerne zu einem Abendessen ein."
Häcker hört ein verlegenes Räuspern am anderen Ende der Leitung.
Er ergänzt: „Rein dienstlich, ein Dienstessen zu Lasten meiner Behörde."

16 Zülpich, 18. bis 22. Juni.2018

„Gut, rein dienstlich und vertraulich. Haben Sie schon ein Restaurant ausgesucht?"
„Ich werde im Laufe des Tages herausfinden, wo man in Zülpich gut speist, ohne weit zu fahren."
„Dann rufe ich an, wenn ich frei bin, und Sie sagen mir, wohin ich kommen soll."
Häcker ist mit sich zufrieden, da er bei der Aufklärung des Falles weiterkommt.
Er stellt sich vor, wie Frau Dr. Daverkausen aussieht. Sie schien Angst vor einem privaten Essen zu haben.
Häcker kommt zu dem Ergebnis, dass es sich um eine kleine verhärmte Person handelt, vermutlich männerfeindlich und dem eigenen Geschlecht zugewandt.
„Egal, ich will nichts von ihr, es ist rein dienstlich", denkt er und döst erneut in der Sonne ein.
Ein älterer Herr mit Hund reißt ihn aus dem Schlaf:
„Geht es Ihnen gut? Kann ich helfen? In der prallen Sonne einzuschlafen, ist nicht ungefährlich."
Bei so viel Fürsorge kehrt Häcker augenblicklich in die Realität zurück.
Er fragt den freundlichen alten Herren nach einem Restaurant für ein Abendessen mit einer Dame.
Der empfiehlt drei Restaurants:
Das „Catalonia" am Josef Pfeiffer Platz.
Das „Anno Pief" in der Rathausgasse.
Das „Dubrovnik" im Hotel Europa, in dem Häcker wohnt.
Nachdem Häcker sich bedankt hat, bricht er auf, um sich die Empfehlungen anzuschauen.

Er schlendert zum Josef Pfeiffer Platz und studiert die Karte, Schwerpunkt Pasta und Pizza. In seinem Notizbuch notiert er: „Sicherlich gut, aber kein Ambiente für ein wichtiges Geschäftsessen."
Dem „Anno Pief" attestiert er: „Viel Ambiente, Charakter eher Bar als Restaurant."
So bleibt er doch in seinem Hotel, in dessen Restaurant er schon mehrfach gegessen hat: „ Hier mache ich nichts falsch."

Es bleibt genügend Zeit für Häcker, sich auf das Gespräch vorzubereiten.
Letztlich will er vorgehen, wie er es für die Vernehmung von Beschuldigten gelernt hat:

- Eine angenehme Gesprächsatmosphäre herstellen.
- Den Sprachrhythmus und die Mimik und Körpersprache des Gegenübers analysieren.
- Das eigentliche unangenehme Thema ansprechen und beobachten, wie sich die Sprachgeschwindigkeit und die Körpersprache verändern.
- Einschätzen, ob der Gesprächspartner lügt.

Zwar geht Häcker zu diesem Zeitpunkt nicht davon aus, dass Frau Dr. Daverkausen Michael Zimmermann zur Flucht verholfen hat. Aber es ist nicht ausgeschlossen.
Nach dem erwarteten Anruf aus der Klinik begibt sich Häcker voller Vorfreude in das Restaurant, wo er sich so platziert, dass er den Eingang in den Gastraum im Blick hat.
Nacheinander betreten einige Hausgäste den Raum und werden zu ihren reservierten Plätzen geführt. Meist sind es alleinrei-

sende Geschäftsleute, aber auch Paare, die nach ihrer Kleidung zu urteilen, durch die Eifel wandern oder pilgern.
Nur langsam vergeht die Zeit.
Die Anspannung steigt. Häcker kennt inzwischen den Weg von der Klinik zum Hotel gut. Selbst unter Zubilligung einer gewissen Zeit, um sich umzuziehen, müsste die Ärztin schon hier sein.
In dem Augenblick, in dem sich Häcker entschließt, einen Aperitif in Form eines „Bitburger alkoholfrei" zu bestellen, betritt eine elegante, perfekt gestylte weibliche Schönheit den Raum und blickt sich fragend um.
Sofort schießt der Kellner auf sie zu. Sie reden miteinander.
Zu Häckers Erstaunen führt die Bedienung die schöne Frau an Häckers Tisch:
„Ihr Gast!"
Verwirrt steht Häcker auf und fragt: „Frau Dr. Daverkausen?"
„Ja, und Sie sind Herr Hauptkommissar Häcker?"
„Zu ihren Diensten", stottert Häcker, der seit Maria keinen privaten Umgang mit Frauen mehr hatte und nicht wahrnimmt, dass er sich soeben verbal unterworfen hat.
Die Psychiaterin lächelt und sagt: „Wollen wir uns nicht setzen?"
„Natürlich!"
Häcker tritt hinter sie, um ihr mit dem Stuhl behilflich zu sein, aber sie sitzt schon.
„Warten Sie schon lange?"
„Nein!", lügt Häcker.
„Wohnen Sie hier im Hotel?", reißt Frau Dr. Daverkausen die Gesprächsführung an sich, vermutlich aus Gewohnheit.

Häcker fühlt sich in die Rolle eines Patienten gedrängt, ärgert sich ob ihrer Überlegenheit und denkt über eine Strategie nach, um das Frage-Antwort- Spiel in den Griff zu bekommen. Es kommt zu einem längeren small talk über Zülpich und die Eifel, den die Bedienung ungeduldig unterbricht: „Haben Sie schon gewählt?"
Während sie die Menükarte studiert, mustert Häcker sein Gegenüber verstohlen und grenzenlos überrascht. Nein, so hatte er sich eine Psychiaterin /Neurologin nicht vorgestellt. Ihm gegenüber sitzt eine rothaarige Schönheit, die leuchtenden roten Haare zu einem langen Zopf zusammengebunden. Sie trägt ein schwarzes Abendkleid zu schwarzen Netzstrümpfen. Wenn sie ihn durch ihre große Hornbrille mit ihren graugrünen Augen anschaut, vermag Häcker ihrem Blick nicht standzuhalten.
Er vermeidet, ihr in die Augen zu schauen und konzentriert seinen Blick auf ihren nur dezent geschminkten Mund.
Schon sitzt er in der nächsten Falle, die die Natur aufgestellt hat. Der Mund wirkt edel, die schmalen aber nicht zu schmalen Lippen, - die sich wohltuend von den Botox gespritzten Entenschnäbeln unterscheiden -, und die strahlend weißen Zähne fügen sich mit dem energischen Kinn und der edlen Nase sowie den Wangenknochen zu einem perfekten Gesamtbild. Die Größe, nach Abzug der hohen Hacken, schätzt Häcker auf 178 cm.
Sie ist schlank. Ihre mittelgroßen Brüste betonen ihre Weiblichkeit.
„Was für ein Schuss!" Er ist nahe dran, den eigentlichen Zweck des Treffens aus den Augen zu verlieren.

Beim Verspeisen des 3-Gang Menüs vermeiden beide dienstlich zu werden.
Frau Dr. Daverkausen trinkt Rotwein. Häcker bleibt beim alkoholfreien Bier.
Was der Alkohol bei ihr bewirkt, ist bei ihm der Anstieg des Testosteronspiegels.
Der Termin verkommt zum Date. Die Gespräche kreisen um Urlaub, Reisen und Pferde, das aber flirty.
Häcker bringt unter Aufbietung seines gesamten Pflichtbewusstseins die Sprache auf Michael Zimmermann.
Sie winkt ab:
„Lassen Sie uns doch ein anderes Mal über dieses ernste Thema sprechen."
So verbleiben sie bei einer Verabredung für den nächsten Abend im „Anno Pief", „dann aber dienstlich".
Später allein in seinem Hotelzimmer fragt sich Häcker, ob Frau Dr. Daverkausen enttäuscht ist, dass er sie nicht auf sein Hotelzimmer eingeladen hat.
Er beschließt in einem Überschwang der Gefühle ihr Morgen, wenn das Dienstliche geklärt ist, das „Du" anzubieten.
Kurzfristig haben die Hormone seinen Verstand benebelt, schlimmer als es Alkohol bewirkt hätte.
Vor dem Einschlafen verspricht er sich ernsthaft, am morgigen Abend die „causa Zimmermann" aufzuklären und gegen Schmollmünder und verführerische Blicke immun zu sein.
„The way to hell is paved with good intentions!", sagt der Engländer, „der Weg zur Hölle ist mit guten Vorsätzen gepflasert."

2.17. In Erwartung[17]

Die Nacht bleibt traumlos.
Häcker wacht nach neun Stunden Schlaf auf und kann sich nicht daran erinnern, ob er geträumt hat.
Keine Maria hatte „warum“ gefragt. Möglich, dass er von Dr. Daverkausen träumte, die ihn nachhaltig beeindruckt hatte. Häckers von Schuldgefühlen geplagtes Unterbewusstsein schien jede Erinnerung verhindert zu haben.
Er schaut aus dem Fenster seines Hotelzimmers.
Ein grauer Morgen begrüßte ihn mit Dauer-Landregen. So ein Wetter schlägt bei vielen Menschen auf das Gemüt.
Nicht so bei Häcker. Sein Geist ist hellwach und er trällert leise: „Jetzt geht´s los. Ich bin nicht mehr aufzuhalten!“
Sein Körper hingegen meint: „ Lass gut sein! Bloß keine schnellen Bewegungen.“
Der Regen scheint zu flüstern: „Bleib, wo du bist, im Trockenen, im Bett.“
Dennoch rafft sich Häcker nach einer Weile auf. Er betritt den Frühstücksraum zehn Minuten vor Ablauf der Frühstückszeit und verlangt, zur Freude der Bedienung, ein weichgekochtes Frühstücksei, im kochenden Wasser exakt 6 Minuten und 30 Sekunden erhitzt.
Dass die Servicekraft zehn Minuten später demonstrativ beginnt, erst die Tische, dann das Buffet abzuräumen stört den Hauptkommissar nicht. Er hat vor sich einen ausrei-

17 Zülpich, 23. Juni 2018

chenden Vorrat an Brötchen, Wurst, Käse, Honig, Butter und Marmelade aufgebaut.
Er revanchiert sich für das aus seiner Sicht unfreundliche Benehmen der Mitarbeiterin, indem er das servierte Ei brüsk zurückweist: „Das habe ich so nicht bestellt. Das Eigelb ist hart. Ich vermute, dass Sie es in einem elektrischen Eierkocher zubereitet haben!"

Dann denkt er, dass Maria so etwas nie passiert wäre und schon ist der Schmerz in sein Leben zurückgekehrt.
Die Zeit zwischen dem Ende des Frühstücks und dem erneuten Zusammentreffen mit der Psychiaterin und Neurologin Dr. Daverkausen verläuft zäh wie halb erkaltete Lava, zumal eine Ablenkung durch ein Mittagessen wegen des ausgedehnten Frühstücks nicht in Frage kommt.
Häcker versucht bei seinem Spaziergang rund um Zülpich, das zu führende Gespräch vorzubereiten, zu strukturieren und auf das Ziel auszurichten, den Ausbruch dieses Herrn Michael Zimmermann, – oder wie der tatsächlich heißt -, aufzuklären.
Häcker war einmal ein überdurchschnittlich guter Polizist und hatte jedwede Ausbildung immer als Lehrgangsbester absolviert.
Was wäre aus ihm geworden, wenn er Maria nicht begegnet wäre?
Wie wäre er drauf, wenn er sich nicht lange Zeit dem Alkohol hingegeben hätte?
Obwohl nicht in Bestform, hat er bemerkt, welchen Einfluss die Psychiaterin auf sein Verhalten gewonnen hatte:
„Die hat mich, den unerbittlichen Wadenbeißer, zum Schoßhündchen degradiert.

Das passiert mir kein zweites Mal!“
Je näher die Verabredung kommt, um so größer wird seine Nervosität und um so diffuser plant er sein Vorgehen.
Er verharrt in dem Irrtum, er bestimme den Verlauf des Abends:
„Und wenn ich mit der schlafen muss, damit sie plaudert.
Ich werde alles notwendige über den Ausbruch und seine Helfer erfahren.“
Er wird sich, wie immer, aufopfern für seinen Dienstherren.
Bei diesem Gedanken schmunzelt er selber.

2.18. In der Bar

Als sie das Anno Pief betritt, hätte er sie fast nicht erkannt. Nur das auffällige rote Haar hat sie verraten.
Die strenge Brille fehlt, ebenso der Zopf. Sie trägt Ihre Haarmähne heute offen.
Für Häcker signalisieren diese Änderungen Paarungsbereitschaft, nur er freut sich darüber keineswegs.
Ihm geht es darum aufzuklären, was damals geschah.
So beschränkt er sich auf die Floskel: „Sie sehen glänzend aus, Frau Doktor!“
Häcker verlässt seinen Platz an der Bar und nimmt mit Dr. Daverkausen in der Ecke mit den historischen Fotos Platz in der Hoffnung, hier einigermaßen ungestört zu sein und keine Zuhörer zu haben.
Die Ärztin bestellt eine Flasche Rotwein für sich. Häcker bleibt tapfer und konsequent bei alkoholfreien Getränken.
Nachdem sich die Bedienung entfernt hat, fragt sie ihn ungeniert:
„Sind Sie Alkoholiker?“
Von dieser Offensive überrumpelt antwortet Häcker: „Alkoholiker und trocken.“
Er stellt erschrocken fest: „Und schon wieder dominiert sie mich und gibt das Thema vor.“
Aufgrund ihrer Ausbildung merkt sie schnell, dass ihm dieses Thema unangenehm ist und bereut ihre Frage.
Er kontert: „Sie trinken eine Menge Wein. Man könnte meinen, dass Sie sich Ihren Job schön trinken.“

„Da ist was dran. Der Fall, für den Sie sich interessieren, lässt mich zuweilen an meiner Berufswahl zweifeln."
„Warum?"
„Na, das war alles doch merkwürdig. Ich habe mir heute nochmals die Akte angesehen.
Da wird ein Mann ohne Papiere auf Veranlassung der Polizei ohne richterliche Verfügung bei uns eingewiesen. Begründet wird dies mit Selbst- und Drittgefährdung ohne weitere Erläuterung."
„Warum haben Sie den Mann dann aufgenommen?"
„Ich bin Ärztin und keine Hellseherin. Um eine Erkrankung zu diagnostizieren oder auszuschließen, ist es erforderlich, dass ich den Patienten untersuche. Wenn der Mensch Hilfe braucht, bekommt er Hilfe. Wir sind in unserer Klinik, anders als in der Landesklinik, nicht Teil des Strafvollzuges und wir maßen uns nicht an, einen Fall juristisch korrekt zu beurteilen. Das ist die Aufgabe der zuständigen Richter-in, der oder die prüft, ob der Eingriff in die Freiheitsrechte zulässig ist."
„Hat ein solcher Prüftermin stattgefunden?"
„Selbstverständlich und konkret am Tag der Einlieferung, da die Richterin wegen eines anderen Patienten im Hause war."
„Was können Sie über die Anhörung berichten?"
In diesem Moment erscheint die Bedienung mit einem kleinen Glas Bitburger alkoholfrei und einer Literflasche , Tiempo ,Tempranillo, Vino de la Tierra de Castilla y Leon.
Die Flasche ist bereits entkorkt.
„Den Korken bitte!", insistiert Frau Doktor.
Die Bedienung schüttelt missmutig den Kopf, eilt aber dennoch hinter den Bartresen und fingert einen Korken irgendwo heraus.

„Hier ist er! Was nun?“

Dr. Daverkausen riecht am Korken und am Wein im Glas, den Sie sich selbst eingeschüttet hat und verkostet den Tiempo.

„Alles gut, aber das nächste Mal, wenn ein Gast eine Flasche Wein bestellt, bringen Sie die Flasche ungeöffnet an den Tisch und entkorken diese im Beisein des Gastes. Spart Ihnen Ärger.“

Die Bedienung zieht ab, „Nein, sowas hatte sie noch nie erlebt!“ Sie dreht sich herum zu dem Tisch in der Ecke und murmelt so eine Art Entschuldigung:

„Ich bin hier nur zur Aushilfe und nicht vom Fach. Ich bin Lehrling im Friseurhandwerk!“

„Na dann!“, erwidert Frau Doktor und trinkt das randvolle Glas in einem Zug leer.

„Wo waren wir stehen geblieben?“

„Bei der Anhörung Ihres Patienten durch die Richterin.“

Erneut wird unterbrochen. Die Bedienung kehrt zurück an den Tisch und fragt die Essensbestellung ab.

„Schön, dass Sie fragen!“, sagt Häcker verärgert, „aber vielleicht bringen Sie uns erst einmal die Speisekarten.“

Widerwillig schluft die Bedienung davon, um mit einer Karte zurückzukehren und anzudrohen, sie käme gleich wieder.

„Ich habe keinen Bock diese Friseurin auf Gastronomie umzuschulen“, bemerkt Häcker.

Frau Dr. Daverkausen ergänzt:

„Seien Sie still. Sonst spuckt sie uns noch ins Essen.“

Beide kichern, aber heimlich, um die Bedienung nicht zu provozieren.

Frau Dr. Daverkausen wird unerwartet ernst.
„Bevor ich fortfahre, muss ich Sie fragen, ob ich als Zeugin oder Beschuldigte vernommen werde."
„Weder noch. Ich frage informativ. Auf keinen Fall ist es meine Absicht, Sie in Schwierigkeiten zu bringen. Wenn Sie es wünschen, werde ich in meinem Bericht nicht einmal Ihren Namen nennen, sondern schreiben, dass mir anonym zugetragen wurde, dass.....Was eigentlich?"

Statt sofort zu antworten, überrascht Frau Dr. ihren Gesprächspartner erneut:
„Sie waren mir gleich sympathisch! Wollen wir uns nicht duzen? Ich bin die Liliane."
Schon wieder hat sie die Initiative ergriffen, stellt Häcker fest und versucht krampfhaft, sich an seinen Vornamen zu erinnern, den Vornamen, den er mit dem Decknamen Häcker erhalten hat.
„Einverstanden, gute Idee!"
„Und wie heißt du mit Vornamen?"
Nach einer gefühlten Ewigkeit fällt es ihm ein: „Manfred."
„Du scheinst deinen Vornamen nicht zu mögen."
„Richtig erkannt."
„Ich mag den Namen. Kommt aus dem althochdeutschen, zusammengesetzt aus man und fridu, demnach bist du ein Mann des Friedens."
Schon wieder reden sie nicht über den Fall. Und bestellt haben Sie bisher nicht.
Gut, dass die Bedienung unter dem Druck steht, Umsatz zu machen.

Manfred und Liliane entscheiden sich für das Tagesgericht. Überraschend schnell wird nach der Bestellung das Essen serviert.

Das Thema der Bedeutung von Namen beschäftigt sie bis sie aufgegessen haben.
Dann erkennt Liliane, dass Manfred wieder über seinen Fall sprechen möchte.
„Kommen wir zurück zu deiner Mission, der ich diesen unterhaltsamen Abend und den gestrigen verdanke. Ich fasse es kurz. Für die blutjunge Richterin war es der erste Fall an ihrem ersten Arbeitstag beim Familiengericht Euskirchen und dann dieser merkwürdige Fall.
Zuerst stellte sie fest, dass die bloße Behauptung der Fremd- oder Selbstgefährdung ohne jeden Sachverhalt, wie sie es nannte, unsubstantiiert sei und die Unterbringung nicht rechtfertigen könne. Dann befragte sie den Patienten, der verneinte, für sich und andere eine Gefahr zu sein.
Hätte er nicht ergänzt, dass er so schnell wie möglich die Klinik verlassen müsse, um die Welt zu retten, wäre er am gleichen Tage entlassen worden.
Ehrlich gesagt, hat mich das mit der Rettung der Welt stutzig gemacht, denn wir haben mehrere Kandidaten in der Klinik, die behaupten, von Gott beauftragt zu sein, die Menschheit zu retten. Manche erklären, sie seien eine Wiedergeburt von Johannes dem Täufer, andere behaupten ein Apostel zu sein, wieder andere ein Erzengel, der mit Feuer und Schwert das Böse ausrottet.

Ob diese Menschen harmlose Spinner sind lässt sich, wenn überhaupt erst nach längerer Beobachtung feststellen.
Kurz gesagt, er blieb uns durch richterliche Entscheidung erhalten, zur Beobachtung für längstens vier Wochen und es wurde ihm ein Rechtsanwalt beigeordnet."
Liliane holt Luft, füllt sich den Rest Tiempo aus der Flasche ins Glas und trinkt dieses in einem Zug leer.
Bevor sie eine zweite Flasche bestellt, klingelt Ihr Handy.
„Die Klinik, da muss ich ran!"
Nachdem sie die Nachricht abgehört hat, kann Sie ihre Enttäuschung kaum verbergen.
„So ein Mist. Ein Notfall. Ein Patient hat versucht, sich umzubringen. Ich werde in der Klinik gebraucht. Wir sehen uns ein anders Mal, wenn du magst."
Bevor Häcker ihr anbietet, sie zur Klinik zu begleiten, hat sie schon das Lokal verlassen.
Er lässt sie gehen, denn er hat bislang nicht bezahlt. Das Warten auf die Rechnung dauert länger.
Die Bedienung übersieht ihn geflissentlich bis er an der Bar erscheint und ankündigt, er werde jetzt aufbrechen mit oder ohne Bezahlung.

2.19. Auf Wanderung[18]

Erst eine Woche später hat Dr. Liliane Daverkausen Zeit für ein weiteres Gespräch mit Hauptkommissar Häcker, der sich nicht schlüssig ist, ob die Arbeit sie hindert oder ob sie ihn bewusst zappeln lässt.
Endlich kommt der erwartete erlösende Anruf.
Sie verabreden sich an ihrem dienstfreien Tag zu einer Wanderung um den Obersee der Rurtalsperre mit dem Treffpunkt Parkplatz Ortseingang Einruhr.
Es ist ihre Idee, denn sie braucht frische Luft, nachdem sie die ganze Woche die Station kaum verlassen konnte.
Diesmal hat sie sich als Wandervogel herausgeputzt, woraus Häcker schließt, dass sie diese Strecke nicht zum ersten Mal wandert.
Sie legt einen kessen Schritt vor. Häcker muss sich zunächst eingehen und konzentriert sich darauf, ihr zu folgen.
„Bin ich dir zu schnell?“, fragt sie ihn lächelnd.
„Nein, mein Kreislauf braucht ungefähr 12 Minuten, um auf Leistung umzuschalten.“
Liliane grinst: „ Gilt dies für alle Bewegungsarten? Manche Männer sind nach 12 Minuten schon eingeschlafen!“
Häcker, im Grunde seines Herzens prüde, überhört diese Anspielung.
Erneut gibt sie das Thema vor, wo doch er der Ermittler und sie die Befragte ist.

---

18 Eifel, 30. Juni 2018

Sie reduziert ihm zuliebe ihre Geschwindigkeit.
So hat er Luft um auf sein Thema zurückzukommen:
„Wie dieser Mann zu euch auf Station gekommen ist, haben wir schon besprochen, ebenfalls, dass es eine zweifelhafte Entscheidung war, ihn aufzunehmen, da die Einweisungsgründe nicht durch Tatsachen belegt waren. Das habe ich verstanden. Kommen wir heute zu seiner Flucht aus der Klinik, oder ist er regulär entlassen worden?“
Die Ärztin zögert mit der Antwort.
„Gilt die Zusage, dass meine Aussage anonymisiert wird weiterhin?“
„Ja, ich werde wie versprochen von einem anonymen Informanten berichten.“
„So denn: Ich beabsichtigte, ihn zu entlassen, weil ich nicht den Eindruck hatte, dass er gefährlich war. Er hatte zwar ein ausgeprägtes Sendungsbewusstsein, war aber nicht gewaltbereit. Ich fand zudem keine Anzeichen für eine seelische Erkrankung. Er sorgte sich um das Artensterben, die Klimaerwärmung, den von Hass und Geldgier geprägten Umgang der Menschen untereinander und den fatalen Glauben an ein ewiges Wachstum.
Er hatte sich intensiv mit den Gründen für den Untergang früherer Hochkulturen beschäftigt und vertrat die Auffassung, dass es Anzeichen gebe, dass unsere Zivilisation auf den Zusammenbruch zustrebe.“
„Aber er hat doch behauptet, von Gott gesandt worden zu sein, um die Menschheit zu retten?!“
„Er ist tief gläubig.

Ohne das Sendungsbewusstsein einzelner Menschen wäre die Kulturgeschichte zum Beispiel in Europa völlig anders verlaufen.
In Gottes Namen wurden Klöster gegründet und die Wildnis gerodet.
Stell dir vor, die Initiatoren wären deswegen weggesperrt worden.
Im Gegenteil wurden Menschen, von denen es heißt, sie seien Gott oder Maria begegnet verehrt und nicht selten heilig gesprochen."
Häcker schweigt. Er erinnert sich an Clonmacnoise.
„Du sagst ja nichts."
Er antwortet: „Ich bin nicht heilig."
„Hat doch niemand behauptet. Warum sagst du das?"
Häcker bleibt stehen und sieht sich um. Niemand folgt ihnen in Hörweite.
„Kann ich dir vertrauen?"
„Ja, so wie ich dir."
Dann erzählt Häcker ihr von Clonmacnoise.
Sie hört aufmerksam zu, bleibt stehen, um ihn dann zu fragen: „Wenn du diese Erfahrung hattest, dann verstehe ich überhaupt nicht, warum du diesen Menschen verfolgst."
Häcker lügt ein wenig: „Ich habe nur den Auftrag, die Geschehnisse um diese Person aufzuklären. Es gibt nicht einmal eine Ermittlungsakte der Staatsanwaltschaft. Deshalb habe ich den Auftrag erst abgelehnt. Am Ende des Tages hatte ich keine Wahl. Sie hatten mich wegen meiner Alkoholkrankheit in der Hand. Sie hätten mich anderenfalls aus dem Dienst entfernt, bei

Verlust der bisher erworbenen Ansprüche auf Altersversorgung."
Liliane Daverkausen schüttelt den Kopf: „Wer sind denn sie?"
„Mein unmittelbarer Vorgesetzter unter Mitwirkung der Personalabteilung."
Eine Weile setzen sie ihre Wanderung um die Talsperre schweigend fort.
„Was ist die Ursache für deinen Alkoholmissbrauch. Ich denke, dass es ein Ereignis in deinem Leben gab, dass dich aus der Bahn geworfen hat."
Statt die Frage zu beantworten, stellt Häcker fest:
„Jetzt willst du endgültig die Rollen tauschen und die des Ermittlers übernehmen. Das bin aber ich und dabei bleibt es."
Häcker sagt das so heftig, dass die Ärztin erschreckt und gleich beschwichtigt:
„Ich wollte dir nicht zu nahe treten. Ich bin Ärztin. Ich möchte immer helfen. Ist vielleicht ein Fehler."
Häcker sieht die Chance, wieder die Initiative zu ergreifen.
„Helfen ist gut. Du hilfst mir am besten, wenn du mir erklärst, wie der Mann aus der Klinik verschwunden ist. Hast du ihm die Entlassungspapiere ausgestellt?"
„Ich beabsichtigte ihn, wie bereits gesagt, zu entlassen. Mein Vorgesetzter, Dr. Firmnich, war dagegen und hat es verhindert. Aus welchen Gründen und aus welchem Motiv vermag ich dir nicht sagen."
„Das verstehe ich so, dass er das Krankenhaus bis heute nicht verlassen hat.
Ist er auf einer anderen Station untergebracht?"

„Nein, ich habe ihn rausgeholt und einige Tage in meiner Wohnung versteckt. Werde ich jetzt verhaftet?“
„Keineswegs, ich werde dich nicht verhaften. Aber ich würde schon gerne mehr über die Aktion erfahren.“
„Das ist alles schwer zu erklären. Es ist einerseits seine Ausstrahlung, gleichzeitig seine sachliche Argumentation.
Er war in der Lage, so viele Gründe zu nennen, warum seine Mission erforderlich sei. Wenn ich das, was er mir vorgetragen hat, zusammenfasse, so ist sein Auftreten nötig, weil die Menschen die Fakten für einen bevorstehenden Zusammenbruch zwar seit langem kennen, aber ignorieren. Er ist ein Prediger. Er setzt auf das gesprochene Wort. Deshalb findest du nur wenige oder keine schriftlichen Aufzeichnungen seiner Reden und Vorträge, die von ihm selbst stammen.“
„Aber hat dich dein Vorgesetzter nicht zur Verantwortung gezogen?“
Liliane lächelt: „Ich bin nicht dumm. Er ist entwichen in einer Zeit, in der mein Chef Nachtdienst und ich frei hatte. Ich habe ihm meinen Stationsschlüssel gegeben und er hat sich nachts herausgeschlichen. Draußen gab er mir den Schlüssel zurück. Der gesamte Nachtdienst hatte tief und fest geschlafen. Der Chef ist nie schuld.
Er hat getobt und eine Mitarbeiterin der Nachtschicht beschuldigt, die ihm oft widersprochen hatte.
Dr. Firmnich forderte ihre Entlassung. Die Personalabteilung hat sie nicht gekündigt, sondern in eine andere Station versetzt, da sie bis dahin ausgezeichnete Zeugnisse und Beurteilungen hatte. Die Mitarbeiterin war froh, in eine andere Abteilung zu kommen.

Ein Pfleger, der ohnehin auf der Abschussliste stand, wurde das Bauernopfer und entlassen. Damit er nicht gegen die Entlassung klagt, wurde ihm gesagt, dass er im Falle einer Klage mit einer Strafanzeige wegen der Befreiung eines gerichtlich eingewiesenen Straftäters rechnen könne.
Das hat ihn abgeschreckt.
Häcker ist kein Kind von Traurigkeit . Dennoch sagt er zu ihr:
„Hast du ein schlechtes Gewissen?"
„Nein, denn ich habe für ein höheres Ziel gehandelt, die Rettung der Welt!"

2.20. Verfolgter Verfolger[19]

Als Häcker Stunden später in Lilianes Wohnung im Doppelbett einschläft, erscheint ihm im Traum in einer Lichtwolke ein Mann, der sich Michael nennt und Häcker freundlich und ohne jede Aggression fragt: „Warum verfolgst du mich?"
Häcker versucht zu antworten, bekommt aber, so sehr er sich bemüht, kein Wort über seine Lippen.
Die ganze Szene wiederholt sich in einer Endlos-Schleife bis Häcker schweißgebadet erwacht.
Durch die Nachrichten im Radio erfährt Häcker am nächsten Morgen, dass in dem Haus in Liblar, in dem er bis vor kurzem wohnte, ein Feuer entzündet wurde. Welche Wohnung betroffen war wird nicht berichtet.
Es entstand ein erheblicher Sachschaden, verletzt wurde niemand.
Ob es ein Unfall oder Brandstiftung war, untersuchen die Spezialisten von Feuerwehr und Polizei.
Häcker interpretiert das so: Sie haben ihn in Italien nicht vergessen.
Die Mafia wird weiter versuchen, ihn zu töten.

19 Zülpich, 30. Juni bis 1.Juli 2018

2.21. Wo suchen?[20]

Häcker versucht alles, um von Dr. Liliane Daverkausen zu erfahren, wo sich Michael derzeit aufhält.
Sie sagt, sie wisse es nicht.
Er erfüllt ihr jeden Wunsch, was ihm nicht immer leicht fällt. So besteht sie darauf, in der Nacht Sex mit ihm in einem Tor auf dem Trainingsplatz vor dem Geißbockheim des 1. FC Köln zu haben, glücklicherweise nicht während des Trainingsbetriebes. Das geht gerade nochmal gut, weil sie schon auf dem Rückzug sind, als eine Polizeistreife routinemäßig das Gelände kontrolliert.
Er fasst seinen Bericht so ab, dass er ihre Erzählung wiedergibt: Der Insasse ist während einer Nachtschicht des Stationsleiters und Oberarztes Dr. Firmnich, mit Hilfe eines inzwischen entlassenen Pflegers entkommen. Der derzeitige Aufenthalt sei niemandem in der Klinik bekannt.

Häcker wird angewiesen, die Angelegenheit diskret zu behandeln und beharrlich weiterzumachen. Auf eine strafrechtliche Verfolgung des Pflegers lege man keinen Wert. Der Mann habe seinen Arbeitsplatz verloren. Das ist für einen 55-Jährigen doch Strafe genug, erfährt Häcker zu seiner Verwunderung von seinem Vorgesetzten.
Er erwidert nicht, dass eine solche Entscheidung in die Kompetenz der Staatsanwaltschaft und eines Gerichtes fällt.

---

20 Zülpich/ Bad Sassendorf, Sommer 2018

Er schweigt, weil er die Wahrheit kennt und die Unschuld des Pflegers.
Es empfiehlt sich nicht, seinen Vorgesetzten zu verärgern.

Insgeheim hofft Häcker nach wie vor von Liliane zu erfahren, wohin sich Michael abgesetzt hatte.
Liliane beteuert immer wieder, dass sie es nicht wisse, sie habe ihn in der fraglichen Nacht zum Kölner Hauptbahnhof gefahren und mit ausreichend Geld versorgt, damit er das Rheinland verlassen könne.
Sie hatte ihn gedrängt, den Raum Köln zu verlassen, denn so lange ist es nicht her, dass in Köln Katharina Henot als letzte deutsche Hexe verbrannt wurde, weil ein Konkurrent ihr Postmonopol begehrte.
Häcker erschrickt bei diesem Gedanken, denn er selbst wird doch von interessierten Kreisen dafür bezahlt, diesen Prediger aufzuspüren.
„Bin ich ein Judas?“, fragt er sich, ohne die Frage ernsthaft zu beantworten.
Sicher ist er, dass Liliane ihm nicht alles sagt.
Er hat Zeit, Geld und Geduld.
Sie schlägt vor, er könne doch bei ihr wohnen, statt im Hotel.
Er willigt ein unter der Bedingung, dass er sich wie ein Untermieter an der Miete beteiligt.
So genießt Häcker die Vorteile der Zweisamkeit in einer bestens eingerichteten warmen Wohnung. Sie arbeitet, teilweise auch an den Feiertagen. Er kauft ein, kocht und sorgt dafür, dass der Kaminofen brennt, wenn sie nach Hause kommt.
Sie scheint glücklich, er spielt den Glücklichen.

Das ist das Leben, welches er sich in den gemeinsamen Stunden mit Maria vorgestellt hatte.
Da kann Liliane noch so klug, attraktiv und fürsorglich sein. Mit der Erinnerung an Maria kann sie nicht konkurrieren.
Häcker meidet nach wie vor den Alkohol und sublimiert den Drang zu trinken mit intensiven Langläufen rund um Zülpich.
Täglich recherchiert er im Internet nach Spuren von Michael. Außer einer Kurznachricht mit dem Inhalt, dass in Niedersachsen aufgebrachte Bauern eine Gruppe von Demonstranten gegen die Überdüngung der Äcker und die Verseuchung des Trinkwassers mit Nitrat tätlich angegriffen und auseinandergejagt hat, findet er in der hiesigen Presse keinen Hinweis auf Umweltaktivisten. Michael wird nicht erwähnt.

Dann geschieht womöglich ein kleiner Durchbruch.
Liliane plant, nach Weihnachten ihre Eltern zu besuchen, die in Neustadt in Holstein leben. Sie wünscht sich, dass er, Manfred Häcker sie begleitet.
Häcker durchschaut den Plan. Sie will ihn ihren Eltern als den künftigen Schwiegersohn präsentieren, um deren stetiges Genörgel und die Fragen, wann sie heiraten werde und ob sie einen Freund habe, zu beenden.

Die Eltern erwarten, dass ihre einzige Tochter ihnen zu ihren Lebzeiten mindestens einen Enkel präsentiert.
Häcker gibt zu erkennen, dass er, wie er es nennt, bei dieser Schmierenkomödie nicht mitwirken wolle.
Liliane kennt seinen Schwachpunkt: „Michael hat mal gesagt, er wolle zuerst die ländliche Bevölkerung ansprechen, die

Interesse an der Erhaltung der Natur hat, da sie unmittelbar von dieser lebt. Wenn es ihm gelänge, die Bauern davon zu überzeugen, keine Gifte wie Pestizide und Fungizide in der Landwirtschaft zu verwenden, würde es wieder mehr Insekten geben, mehr Vögel, mehr natürliche Bestäubung, und mehr Biodiversität auf und neben den Äckern.
Er wolle deshalb nach Norden reisen, wo es ein selbstbewusstes Bauerntum gäbe. Dort hätte es lange freie Bauern gegeben, die von der Kirche und dem Adel erst spät durch Gewalt und gefälschte Urkunden um ihr Land und ihre Freiheit gebracht worden waren."
Häcker ist sich nicht sicher, ob sie das nur erfunden hat, um ihn zu bewegen, mit ihr zu reisen. Bislang hatte sie behauptet, nicht zu wissen, wohin er sich gewandt habe.
Dann entscheidet Häcker für sich: „Ich muss jede noch so kleine Chance wahrnehmen und eine bessere Idee habe ich nicht."
Allein der Gedanke, seinem Vorgesetzten zu berichten, dass er eine Spur nach Norddeutschland gefunden hat, lässt ihn verdrängen, warum sie seine Begleitung wünscht.
„Jeder darf träumen, auch wenn nicht jeder Traum in Erfüllung gehen wird."
Nachdem er seinem Vorgesetzten berichtet hatte, eine Spur gefunden zu haben, tritt Häcker eine Sechs-wöchige Kur in einer privaten Suchtklinik in Bad Sassendorf an.
Kriminalrat Funke ist empört, vermag dagegen aber nichts auszurichten. Häcker will endgültig vom Alkohol loskommen. Liliane bestärkt ihn darin und besucht ihn in der Kur mehrmals. Nach dem Ende der Kur kehrt Häcker im Herbst zu ihr zurück.

2.22. Sprengsatz[21]

Der Herbst neigt sich seinem Ende zu.
Die Tage werden trüb und dunkel.
Nur der Weihnachtsbaum, den er viel zu früh im Wald geschlagen und Wochen später gemeinsam mit Liliane geschmückt hat, bringt ein wenig festliche Stimmung in die Wohnung, auch wenn er schrecklich nadelt.
Beim Dekorieren des Baumes hatte sich gezeigt, dass sie nicht den gleichen Geschmack haben. Wie so oft hatte sich Liliane durchgesetzt und Häcker seinen Ärger darüber heruntergeschluckt. Er lebt in ihrer Wohnung und hat keine Lust, Weihnachten alleine in einem Hotelzimmer zu verbringen.
Häcker verbringt zu Lilianes Verdruss täglich mehrere Stunden im Internet, um etwas über diesen Michael Zimmermann herauszufinden.
Langsam keimt in ihm der Verdacht, dass seine unbekannten Auftraggeber dafür gesorgt haben, dass dieser und seine Ideen in der Öffentlichkeit nicht mehr auftauchten.
Es muss doch irgendetwas gegeben haben, mit dem Michael das Interesse für seine Person verursacht hat.
Mit Geld haben sich schon viele Menschen überzeugen lassen.

Bevor Häcker die Lust an der Verfolgung seines Auftrages völlig verliert, weckt ihn ein Paukenschlag in der örtlichen Presse.

---

21 Zülpich, Herbst 2018

Erst jetzt mit mehrtägiger Verspätung berichtet die Presse über einen Sprengstoffanschlag auf das Zülpicher Hotel, in dem Häcker zunächst abgestiegen war.
Die Polizei tappt im Dunkelen. Das LKA schweigt.
Häcker ist sich sicher: „Die Mafia ist mir auf der Spur. Es ist höchste Zeit, den Standort zu wechseln."
Häcker informiert sich vor den Feiertagen beim LKA und erfährt dort von Kriminaldirektor Funke, dass zunächst eine Nachrichtensperre verhängt worden sei.
Inzwischen gehe man beim LKA intern davon aus, dass der Anschlag ihm gegolten habe und die Täter oder Auftraggeber vermutlich aus dem Umfeld der Familie Fontana stammten.
Diese habe im Darknet hohe Belohnungen für Hinweise auf Häckers Aufenthaltsort ausgelobt.
„Die Mafia vergisst nie!", sagt Kriminaldirektor Funke und gibt Häcker die diestliche Anweisung, für eine Weile "abzutauchen."
„Nichts lieber als das!", sagt Häcker und kuriert eine leichte Infektion aus.
Er geniesst die liebevolle Pflege seiner derzeitigen Lebensabschnittsbegleiterin.
Die wiederum geht in der neuen Aufgabe auf.
Endlich ein Mann, der sich von ihr umsorgen lässt, die Vorübung für ihr geplantes Kind.
Mental bereitet Häcker sich auf den Besuch bei deren Eltern in Neustadt in Holstein vor.
„Die werden mich ja nicht gleich töten", sagt er zu Liliane im Spaß.

Manchmal ist es doch von Vorteil, dass Menschen ihre Zukunft nicht kennen.

Kapitel 3
Imken Hein

3.1. Auf dem Weg zum Grab[22]

Dichter Nebel liegt über Ostholstein.
Imkens Haus ist von dem asphaltierten Feldweg, der von dem Gut Sierhagen über Stolpe zum Gutshof Hasselburg führt, nur zu sehen wenn man an der Grundstückseinfahrt anhält und der Blick der Einfahrt folgt.
Das Haus liegt 30 Meter vom Feldweg entfernt, verborgen zwischen dichten Sträuchern und hohen Tannen.

So stellen sich die Touristen, die gelegentlich das Hinterland der Ostsee bei Neustadt in Holstein mit dem Fahrrad erkunden, ein Hexenhaus vor; wenn sie es überhaupt wahrnehmen. Wer es aber bemerkt, denkt zwangsläufig darüber nach, wer um Gottes willen hier wohnen mag.

Noch vor vier Wochen, im Oktober, lebten zwei Menschen in dem Haus, dessen Alter wegen des starken Bewuchses mit Efeu und anderen Rankpflanzen schwer einzuschätzen ist. Nur die verfallenen Nebengebäude deuten darauf hin, dass es zwei Weltkriege überstanden hat.
Dann, eines morgens, entschloss sich Imkens tiefgläubige Großmutter, drei Wochen nach ihrem neunzigsten Geburtstag, loszulassen und in die Anderswelt zu wechseln, dorthin, wo Imkens Eltern schon vor Jahren hingegangen waren.

---

22 Altenkrempe, 20. November 2018

Mit Anderswelt hatte sie das Leben nach dem Tode bezeichnet, die Rückkehr zu ihrem Gott.

Wochenlang hatte sie mit dem Tod gerungen, nie aufgegeben und ihre Schmerzen still ertragen. Zuletzt verabreichte ihr der Landarzt täglich Morphium, da alle anderen Schmerzmittel nicht mehr halfen.
Der Arzt und der Pastor brachten ein wenig Leben in die Einsamkeit des Hauses und seiner beiden Bewohner.
Nach dem Tod kam die Stille.
Das hatte die sterbende Oma befürchtet, aber nicht den Tod, der in ihrer Vorstellung die Erlösung sein werde:
„Was wird aus meiner Imken, wenn ich einmal nicht mehr bin?“, hatte sie den Pastor bei jedem seiner Besuche gefragt und vor Sorge um ihre 29 Jahre alte Enkelin geweint.
„Imken ist eine erwachsene Frau, die wird sich schon selbst helfen, mach dir keine Sorgen“, hatte der Pastor immer wieder gesagt.
„Aber sie hat doch niemanden, keinen Mann, keine Freunde oder Freundinnen nicht einmal mehr Eltern oder Verwandte.“
„Gott wird ihr den Weg weisen aus der Einsamkeit, da bin ich mir ganz sicher“, hatte der Pfarrer am Tage vor ihrem Tode gesagt und: „Ich werde mich um Imken kümmern. Sie ist doch bildhübsch und es gibt in meiner Gemeinde viele Junggesellen und mögliche Heiratskandidaten.“
Das hatte ihr ermöglicht, diese Welt und ihren geschundenen Körper zu verlassen, denn sie glaubte an Gott und den Pfarrer.

Seit dem Tod und der Beerdigung der Großmutter verlässt Imken jeden Morgen das Haus. Sie fährt mit ihrem alten Rad ohne Gangschaltung über den asphaltierten Feldweg vorbei an Gut Hasselburg zur Landstraße, die von Schönwalde am Bungsberg nach Altenkrempe zum Friedhof führt.
Sie besucht stets das Grab ihrer Großmutter. Um keinem Menschen zu begegnen, bevorzugt sie die frühen Morgenstunden, denn andere Menschen lösen bei ihr Beklemmungen aus. Neben der stark befahrenen Landstraße gibt es glücklicherweise einen schmalen, schlechten, von den Wurzeln der Bäume beschädigten Weg, zwischen der Straße und Privatgrundstücken, den sich Fußgänger und Radfahrer teilen.

Im Nebel wäre es selbstmörderisch, die Landstraße mit dem Fahrrad zu benutzen.
Der Radweg ist ebenfalls nicht ungefährlich, denn die Wurzeln haben aus dem Fahrradweg eine Crossstrecke geformt.
Imken aber kennt jeden Hubbel und fährt an jenem schicksalhaften Morgen ihr Tempo unbeeindruckt durch den dichten Nebel.
Nie ist ihr um diese Zeit ein Fußgänger oder Radfahrer entgegengekommen.
Heute aber erblickt Imken zwei rote Lichter in der Nebelwand. Sie nimmt an, dass ein PKW auf dem Radweg parkt. Sie bremst jäh, steigt ab und nähert sich der Lichtquelle.
Nein, ein Auto ist es nicht, dazu liegen die roten Lichter zu nahe beieinander.
So wie Augen.
Rote Augen? Der Teufel?

Eiskalt läuft Furcht ihren Rücken runter.
Aber Imken setzt voller Gottvertrauen ihren Weg fort.
Dann meint sie eine weiche und wohlklingende Stimme aus der Nebelwand zu hören, die zu ihr spricht:
„Fürchte dich nicht Imken. Ich habe eine Botschaft. Deine Aufgabe ist es, die Schöpfung vor ihrer endgültigen Zerstörung durch die Menschen zu retten. Du bist dabei nicht allein. Ich sende dir Michael, meinen treuen Diener. Er wird dich unterstützen."
Fassungslos bleibt Imken stehen.
Ich, Omas kleines Mädchen, soll die Welt retten?
Wie geschieht mir? Und warum ich?
Nochmals meldet sich die Stimme aus dem Nebel:
„Ich verstehe deine Zweifel. Du kennst deine Stärke nicht. Du wirst sie erleben. Damit du siehst, dass ich es ernst meine, ein Zeichen."
Von einem zum anderen Augenblick ist der Nebel verschwunden und eine für den November und die Tageszeit zu warme Morgensonne erleuchtet die Landschaft.
Mit dem Nebel ist jede Furcht gewichen.
Imken spürt eine Freude, die sie seit dem langen Siechtum ihrer Oma, eigentlich schon seit dem tödlichen Autounfall ihrer Eltern, nicht mehr erlebt hat.
Geradezu leicht und fröhlich setzt sie die Fahrt fort. Ein Zeichen, für Imken Hein!
Je mehr sie darüber nachdenkt, desto besser gefällt ihr der Auftrag, die Schöpfung zu retten.
Fehlte Imken doch nach dem Tod der Großmutter eine Aufgabe in dieser Welt.

3.2. Auf dem Friedhof[23]

Am Seiteneingang des Friedhofes angekommen, stellt Imken das Fahrrad neben dem Weg ab und steigt die wenigen Stufen zum Nebeneingang hinauf.
Stets benutzt sie für ihre Besuche des Friedhofs den Nebeneingang.
Nur bei der Beerdigung ihrer Eltern nahm sie wie die anderen Trauernden den Haupteingang.
Raureif liegt auf den Gräbern. Wie fast immer ist um diese Zeit niemand hier.
Für einen Augenblick schließt Imken die Augen, bleibt stehen, genießt die Sonnenstrahlen und lauscht: Keine Vogelstimmen. Es ist totenstill.
Heute am 20. November ist die Sonne in Ostholstein um 7.45 Uhr aufgegangen. Jetzt zeigt die Armbanduhr 8.00 Uhr. Das Morgenkonzert der Vögel beginnt 55 Minuten vor Sonnenaufgang. „Kein Grund zur Beunruhigung“, denkt Imken. In diesem Moment zerreißt der schrille Schrei einer Lachmöwe die Stille und sogleich antworten Sperlinge, Meisen und Amseln laut und ausdauernd und warnend.
Imken erklärt sich die Ursache für die Aufregung damit, dass die Möwen gelegentlich Nester ausrauben, auch wenn derzeit kein Vogel brütet.

23 Altenkrempe, 20. November 2018

Sie setzt ihren Weg fort zum Grab der Großmutter, vorbei an dem Grab der Eltern, an dem Imken kurz verweilt und sich bekreuzigt.
Gestern hatte sie die Gräber mit reichlich Tannengrün abgedeckt, zum Schutz der Bepflanzung vor erwarteten Nachtfrösten. Als sie sich dem Grab der Großmutter heute nähert, traut sie ihren Augen nicht. Das Grab ist bedeckt mit Zeitungspapier. Wer ist für diese Sauerei verantwortlich? War ein Tier am Werke, ein Wildschwein?
Imken kennt keinen Menschen, dem Sie eine derartige Grabschändung zutraut.
Ihr Herz schlägt schneller. Sie beschleunigt ihren Schritt.

Bei Erreichen des Grabes entweicht ihrem Mund ein Schrei des Entsetzens. Auf dem Tannengrün und unter dem Zeitungsmüll liegt eine halbnackte Gestalt, die sich bei näherer Betrachtung als ein bärtiger junger Mann mit blondem, lockigem, langem Haar herausstellt.
Imken erstarrt: „Was soll ich tun? Lebt er oder ist er erfroren?"
Sie tritt näher und horcht.
Er atmet!
Als sei der Beelzebub persönlich hinter ihr her, rennt Imken los aus dem Friedhof raus zum Pfarrhaus, gleich neben der Kirche von Altenkrempe.
Sie läutet Sturm. Der Pfarrer öffnet verärgert die Tür und blafft Imken an: „Nicht einmal in Ruhe frühstücken kann ich! Du benimmst dich, als ginge gerade die Welt unter!"
Dann sieht er das Entsetzen in Imkens Gesicht und wird gleich freundlicher: „Was in Gottes Namen ist denn dir passiert?"

„Da liegt ein nackter Mann. Auf dem Grab meiner Oma! Er schläft."
Sie zeigt Richtung Friedhof.
Der Mann Gottes schüttelt den Kopf. So etwas hat es hier bislang nie gegeben.
„Wenn ich dich nicht so genau kennen würde, müsste ich denken, du hättest über den Durst Alkohol getrunken!"
Imken ist eingeschnappt: „Wenn Sie mich doch so gut kennen, dann wissen Sie, dass ich nie lüge, keine Geschichten erzähle und keinen Alkohol trinke."
„Das stimmt, Imken. Ich hole schnell meinen Mantel und dann gehen wir gemeinsam zum Grab deiner Großmutter und schauen nach."
Atemlos erreichen die beiden das Grab. Imken hat nicht fantasiert. Hier liegt ein junger Mann zwischen Tannengrün und alten Zeitungen und schläft.
Mutig rüttelt der Pfarrer an dessen Schulter.
Nach einer gefühlten Ewigkeit öffnet der blonde Jüngling seine hellblauen Augen, um die frühen Besucher der Grabstätte fragend anzuschauen.
Um die peinliche Stille zu beenden, sagt der Pfarrer: „Ich bin der örtliche Pfarrer, Manfred Gottwald. Sie sollten bei dem Wetter doch nicht im Freien schlafen. Sie holen sich hier draußen den Tod."
Der Fremde lächelt nur und schweigt.
„Er kann hier nicht bleiben", stellt Imken energisch fest. Ihr selbst ist nicht bewusst, ob sie dies aus Sorge um das Grab ihrer Oma, ihren Ruf oder die Gesundheit des Fremden sagt.

„Natürlich kann er hier nicht bleiben, aber ich kann ihn nicht mit ins Gemeindehaus und meine Wohnung nehmen. Imken, du hast sicher mitbekommen, dass das Sexualleben der Seelsorger nach den vielen widerlichen Sexualstraftaten an Minderjährigen unter extremer Beobachtung steht.
Was würde hier in der Gemeinde passieren, wenn ein halbnackter junger Mann in meiner Pfarrwohnung gesichtet würde.
Imken nickt. Die Hexenjagd soll dem Pfarrer erspart bleiben.
„Aber wohin sonst?"
„Wir bringen ihn zunächst zu dir und überlegen dort in Ruhe, wie es weitergeht."
Imken schüttelt leidenschaftlich den Kopf und sagt mit einer für sie untypischen Entschlossenheit und Lautstärke:
„Mein Ruf ist Ihnen anscheinend gleichgültig; Hochwürden!!!"
„Natürlich nicht!", beschwichtigt der Pfarrer.
„Ich werde dich mit dem Problem nicht allein lassen. Wir finden einen Weg, unserer Verantwortung als Christenmenschen Genüge zu tun und unseren Ruf zu wahren. Dein Haus liegt abseits, meine Wohnung in der Mitte von Altenkrempe. Du führst ein zurückgezogenes Leben, bei mir gehen täglich Gemeindemitglieder ein und aus."
Der Fremde bleibt stumm. Ob er die Unterhaltung versteht, ist offen.
Langsam findet der Pfarrer zurück in seine Rolle als dörfliche Respektsperson, mit der man nicht diskutiert, sondern der man zuhört und tut, was sie sagt.
„Runter vom Grab!", herrscht er den Fremden an.
Der rollt sich vom Grab und setzt sich zitternd daneben.

Imken entledigt sich ihrer Wolljacke und bedeutet dem Fremden, ohne ein Wort zu sprechen, diese anzuziehen.

„Imken los, führe den Mann in die Kapelle, dann räume die Zeitungen weg und ordne das Grab so, wie du es gestern verlassen hast. Ich hole den Gemeindebus und stelle mich vor den Nebeneingang. Ich lade dein Fahrrad ein und hupe zweimal. Dann kommt ihr schnell zum Bus und steigt ein. Schau aber vorher über die Mauer, ob die Straße leer ist."
Gesagt, getan. Schon bald erreicht die seltsame Gruppe Imkens einsam gelegenes Haus, ohne dass jemand sie zu Gesicht bekommen hat.

3.3. In Imkens Haus[24]

Der Fremde wird genötigt, unter Aufsicht des Pfarrers ein heißes Bad zu nehmen und eine von Imken derweil aufgewärmte Hühnerbrühe zu trinken.
Danach reicht der Pfarrer dem jungen Mann ein Fieberthermometer.
Das Messergebnis erstaunt. Der Fremde ist nicht unterkühlt. Fieber hat er ebenfalls nicht.
Imken hat für ihn derweil Unterwäsche, Strümpfe, Hemd und Hose aus dem Bestand ihres verstorbenen Vaters zusammengesucht. Der Fremde hat diese Kleidung widerstandslos angezogen und die ganze Zeit nur gelächelt. Dann trinken die drei einen ostfriesischen Tee, bevor es ernst wird.
Der Pfarrer fragt den Fremden:
„Verstehst du unsere Sprache?"
Der Fremde nickt.
„Wie ist dein Name?"
„Nennt mich Michael."
„Und woher kommst du?"
„Aus der Zeit."
„Wie? Aus der Zeit?"
Der Fremde sagt den ersten zusammenhängende Satz:
„Glaubt ihr nicht an die Auferstehung und ein ewiges Leben?"
„Doch, das glauben wir."

---

24 20. November 2018, Altenkrempe

„Glaubt ihr, dass ihr eine unsterbliche Seele habt, die den Körper verlässt, wenn dieser stirbt."
„Ja, aber die ständige Wiedergeburt ist nicht Teil unseres Glaubens. Nach der Bibel ist nur Jesus Christus unser Herr am dritten Tage auferstanden."
„Die Bibel ist Menschenwerk, selbst wenn sie göttliche Wahrheiten enthält."
„Du behauptest demnach, schon einmal gelebt zu haben und wieder geboren zu sein?"
„Ja, ich weile nicht das erste Mal unter den Menschen!"

Dem Pfarrer geht das zu weit.
„Sei froh, dass du heute lebst. Hättest du den letzten Satz im Mittelalter von dir gegeben, wärst du der Ketzerei angeklagt worden und auf dem Scheiterhaufen gelandet."

„Ich sage die Wahrheit. Ich war 1299 zugegen, als der Papst die Freunde Gottes, von ihren Feinden Katharer genannt, ermorden ließ.
Ich sah, wie sie sich ergaben und die Festung Montsegur verließen, zweihundertfünfundzwanzig Gläubige mit ihrem Bischof Bertram Marty.
Ihr Glaube, der sie zu Armut, Bescheidenheit und Enthaltsamkeit anhielt, war dem mittelalterlichen Klerus mit seiner Arroganz und Völlerei ein Dorn im Auge.
Sie hatten die Wahl, abzuschwören oder zu sterben. Sie entschieden sich für die jenseitige geistige, von Gott geschaffene Welt. Die irdisch-materielle Welt, einschließlich der in die

Geld- und Warenwirtschaft eingebundenen Kirche, war für sie nur eine Ausprägung des Bösen."
Hier unterbricht der Pfarrer:
„Diese materielle Welt ist aber von Gott geschaffen, wie das Alte Testament lehrt!"
Geduldig fährt der Fremde fort:
„Die Freunde Gottes lehnten das Alte Testament und die römisch-katholischen Sakramente ab. Für sie war das Neue Testament allein maßgeblich. Ihre Gottesdienste wurden in der Sprache des Volkes und nicht in Latein abgehalten. Sie verweigerten die Kirchensteuer. Die Vergebung von den Sünden ließ sich bei ihnen nicht kaufen.
Sündenvergebung geschah durch Handauflegung ohne materielle Gegenleistung.
Alles weitere Gründe für den Papst und sein Herrschaftssystem, sie zu verbrennen.
Ich wurde gesandt, sie zu beschützen, ohne selbst Gewalt anzuwenden und bin gescheitert.
Gott hat mich heute erneut gesandt.
Diesmal ist die Schöpfung selbst in Gefahr.
Dieses Mal darf ich nicht versagen."

Der Pfarrer und Imken sind sprachlos.
Pfarrer Gottwald fängt sich und seufzt:
„Gut, lassen wir das mal so stehen. Meine Pflicht als Pfarrer ruft. Der Sonntagsgottesdienst beginnt in einer halben Stunde. Sobald der Gottesdienst abgehalten ist, komme ich wieder her. Dann setzen wir unser Gespräch in Ruhe fort."
Er sagt dies und eilt aus dem Haus.

Imken und den Fremden überlässt er ihrem Schicksal.

Michael spricht zu Imken: „Fürchte dich nicht. Ich bin dankbar, dass du mich aufnimmst, und ich hasse Gewalt und schlechtes Benehmen. Niemals werden meine Worte und Taten dich verletzen; das schwöre ich bei Gott dem Vater."

Imken ist erleichtert und wird sofort pragmatisch:
„Siehst du den alten Küchenofen dort, mit dem ich heize und koche? Er wird mit Holz betrieben oder Kohle. Kohle habe ich nicht, weil ich die mir nicht leisten kann.
Holz liegt draußen und und wartet darauf gesägt und gespalten zu werden.
Wenn du dich fit fühlst, bist du mir eine große Hilfe, indem du das Holz für den Ofen vorbereitest, denn diese Arbeit fällt mir schwer. Ich werde inzwischen backen und kochen."
„Prima, zeig mir das Holz und gib mir eine Axt. Es ist eine gute und ehrliche Arbeit mit einem nachwachsenden Rohstoff und ich habe Gelegenheit, mich dankbar erweisen."

Manfred Gottwald spürt während des gesamten Gottesdienstes ein ungutes Gefühl:
„Wie konnte ich Imken mit diesem merkwürdigen Fremden allein lassen?
Wenn da etwas passiert, werde ich meines Lebens nicht mehr froh."

Pfarrer Manfred Gottwald beabsichtigt, nach dem Gottesdienst sofort loszufahren, aber seine Schäfchen lassen ihn nicht ohne weiteres davon eilen. Einige sind allein und einsam und der Pfarrer ist ihre einzige Unterhaltung und Ansprache. Andere spielen sich immer in den Vordergrund, denn sie halten sich für wichtig.

Als er später wie ursprünglich geplant mit dem Gemeindebus Imkens Haus erreicht, fällt ihm ein Stein vom Herzen:
Imken und Michael sitzen in der warmen Küche, der Tisch ist gedeckt, das Abendessen fertig. Sie haben geduldig auf ihn gewartet. Alles wirkt friedlich und entspannt. Es wird gespeist. Gottwald spricht das Tischgebet.
„Komm, Herr Jesus, und sei unser Gast und segne, was du uns bescheret, hast."
Alle sagen:
„Amen"
Der Pfarrer ist froh, dass Michael die Mahlzeit jetzt nicht segnet und denkt für sich:
„Wenigstens behauptet er nicht, Jesus Christus zu sein."

Sicherheitshalber verbringt er diese Nacht in der guten Stube auf Imkens Couch.
Bevor er einschläft, betet er und dankt Gott für die Prüfung, die er ihm mit Michael gesandt hat und die Abwechselung, die dieser in sein reglementiertes, in Ritualen erstarrtes Landpfarrer-Leben bringt.

3.4. Michaels Befragung[25]

Anderentags beginnt der Pfarrer seine Befragung des angeblich wiedergeborenen Fremden.
„Warum bist du gerade jetzt zu uns gekommen? Der Club of Rom hat doch schon 1972 auf die Ressourcenknappheit, die Umweltverschmutzung und das unkontrollierte Wachstum der Bevölkerung in manchen Teilen der Welt und die dringende Notwendigkeit des Umdenkens hingewiesen?"

„Ein Umdenken gibt es aber nicht, nicht bei der Mehrheit der politisch und wirtschaftlich Verantwortlichen, und dies, obwohl die Forschung festgestellt hat, dass die Entwicklung so verläuft, wie 1972 vorausgesagt. Mehr noch, die Wissenschaft hat weitere Untersuchungen angestellt und die Folgen einer breiten Öffentlichkeit vorgestellt: Klimawandel, Artensterben und soziale Ungleichheit."

Widerspruch regt sich im Pfarrer:
„Es ist aber doch einiges geschehen. Mir fällt spontan ein: Blei im Benzin wurde verboten. Die Autos haben heute Katalysatoren.
Industrieanlagen mit starker Luftverschmutzung erhielten Filter und Umweltauflagen.

25 Altenkrempe, 21. November 2018

Unsere Flüsse sind sauberer geworden. In manch einem Gewässer, das nur noch eine stinkenden Kloake war, schwimmen wieder empfindliche Fische."
Der Fremde bleibt unaufgeregt und freundlich:
„Es wurde und wird aber nicht genug getan. Die vorhandenen wissenschaftlichen Erkenntnisse werden nicht in konsequentes Handeln umgesetzt und wenn, dann halbherzig. Gutgemeinten Gesetze werden zusätzlich durch Lobbyisten verwässert. Gutgemeint bedeutet auch nicht gutgemacht.
Das Profitstreben setzt sich fast immer durch. Die Gier siegt über die Vernunft.
Im letzten Jahr hat der entomologische Verein Krefeld für Nordwestdeutschland festgestellt, dass die Biomasse aller Fluginsekten von 1990 bis heute um 75% zurückgegangen ist. Die Folge ist, dass parallel der Bestand der Vögel, die in der Brutzeit auf Insekten angewiesen sind, um 20% zurückgegangen ist. Die Hälfte unserer Vögel ist vom Aussterben bedroht oder schon ausgestorben.
Und das gilt auch für andere Tierarten. Täglich verliert die Natur. Der Lebensraum für Tiere wird jeden Tag kleiner, die Versiegelung der Böden steigt hingegen, wie die Umweltverschmutzung durch Pestizide.
Hier an der Küste müsste doch jeder wissen, welche Folgen die großen Fischfangfabriken auf allen Meeren haben. Wenn nicht, dann fragt doch die kleinen Fischereibetriebe, die Jahrtausende im Einklang mit der Natur Fischfang so betrieben haben, dass die Fischbestände nicht gefährdet waren.

Du findest sie kaum mehr. Sie wurden von Konzernen verdrängt, bei denen nicht die Erhaltung der Bestände das Ziel ist, sondern die Profitmaximierung.
Glaubst du, einer dieser Menschen, die sich an ihren Umsätzen, Gewinnen und deren Steigerung berauschen, hat so etwas wie ein soziales Gewissen.
Und wenn sie es hatten, dann verlieren sie es schnell, sobald sie keine positiven Quartalsberichte vorlegen. Die Aktionäre und Analysten begehren immer mehr. Wer nicht liefert wird gefeuert.
Obwohl getaufte Christen haben sie nichts begriffen.
So heißt es in der Heiligen Schrift: Was nützt es dem Menschen, wenn er die ganze Welt gewänne und nimmt doch Schaden an seiner Seele.[26]

Die Menschen werden getauft, feiern Konfirmation oder Kommunion und führen dann ein Leben geprägt von Konkurrenzdenken, Profitstreben und Neid.
Sie nehmen keine Rücksicht auf die Begrenztheit der Ressourcen und auf ihre Mitmenschen. Das gilt für die Mehrheit. Nur eine Minderheit lebt in Einklang mit Natur und Schöpfung. Sie sind die wahren Kinder Gottes. Die übrigen Menschen sollten sich besinnen und umkehren. Es ist höchste Zeit oder wie gesagt wird 1 vor 12."
Betretenes Schweigen im Raum.
Imken, die den Diskurs interessiert verfolgt hat, bricht die Stille.

---

26 Evangelium nach Matthäus Kapitel 16 Vers 26

„Aber das sind doch nur wenige da oben in den Konzernzentralen.
Die Mehrheit der Menschen ist nicht so.“

Und wieder lächelt Michael milde.
„Da widerspreche ich dir. Stell dir vor, du bist Kleinaktionär . Du hast zur Aufbesserung deiner unzureichenden Rente in Aktien investierst.
Dann strebst du nach einer möglichst hohe Rendite. Du wählst dir das Unternehmen aus, das diese bietet und unterstützt so die Gier der Manager.“
Imken widerspricht heftig:
„Ich habe keine Aktien und kein Geld, Wertpapiere zu erwerben.
Und wenn ich ein wenig Geld hätte und dies wie beschrieben investieren würde, wäre ich nicht gierig, sondern ich sichere mir mein Existenzminimum!“

„Ich meine nicht dich persönlich, sondern „jedermann“. Aber ich gebe zu, dass mein Beispiel schlecht war.
Was für die einen die Gier nach immer mehr ist, ist für die anderen die Gier nach immer „billiger“ oder wie es die Werbung kommuniziert: „Geiz ist geil!“
Nicht Geiz ist geil, sondern Barmherzigkeit! Nicht raffen, sondern teilen!
Die Gier nach immer mehr und immer billiger führt zur Massenproduktion, zum Einsatz von Chemie, zum Abholzen von Wäldern, zur Massentierhaltung unter erbärmlichen Bedingun-

gen für das Tierwohl, zum Aussterben alter nicht so produktiver Tierrassen und die Beschränkung auf wenige Pflanzen."

Hier schaltet sich der Pfarrer wieder ein.
„Es gibt eine Gegenbewegung, eine Umbesinnung auf ökologische.
Es gibt Menschen, die leben im Einklang mit der Natur, betreiben Landwirtschaft ohne Chemie und mit EM[27] und sorgen sich um das Tierwohl."
„Es sind, bezogen auf die gesamte Menschheit, aber nur wenige Idealisten."

Imken ergänzt:
„Wenn zum Beispiel sich aber immer mehr Menschen dazu entschließen, ohne Fleischkonsum zu leben, dann entfällt doch langfristig das Erfordernis, Nutzvieh zu halten und alle Nutztierarten sterben aus!"
Der Pfarrer wird einen Gedanken los:
„Es gibt da ein Dilemma: Die Mehrheit derer, die weiter Fleisch essen, selbst wenn die, bezogen auf alle Menschen, eine kleine Minderheit sind, wird immer billig einkaufen, sei es, weil sie sich höhere Preise nicht leisten kann oder will.
Es werden weiter Hochleistungskühe oder Hühner gezüchtet, die in der Natur alleine nicht lebensfähig wären. Die werden, um Personalkosten zu sparen, weiter in großer Zahl in engen Ställen gehalten.

27 effektive Mikroorganismen

Aussterben werden aber in jedem Fall alte Tierrassen, deren Fleisch heute von Liebhabern zu höheren Preisen konsumiert wird.
Richtig ist: Wenn alle kein Fleisch mehr essen, gibt es keine Nutztiere mehr."
„Eine letzte Frage für heute an dich Michael: was gedenkst du gegen die beschrieben negative Entwicklung zu unternehmen?"
Michael bleibt unaufgeregt:
„Die Antwort steht in der Bibel, im Johannes Evangelium Kapitel 1 Vers 1:
Am Anfang war das Wort.

Da die Kirchen bislang kein wirkliches Interesse an der Verteidigung und Erhaltung der Schöpfung gezeigt haben und da die Anzahl derer, die regelmäßig eine Kirche besuchen, gering ist, kann nur eine neue Volksbewegung dem Untergang Einhalt gebieten. Diese kann und sollte in der Kirche ihren Anfang nehmen. Denkt an die Kirchen in der DDR.
Der Mensch ist zum Guten und zum Bösen fähig. Jeder Mensch hat die Wahl.
Ich bin gekommen, um die Entscheidung für das Gute, die Erhaltung der Schöpfung anzustoßen und zu unterstützen. Durch Worte, durch Überzeugung, ohne Gewalt will ich die Menschen wachrütteln.
Eure Kirche in Altenkrempe soll der Ausgangsort meiner Missionsarbeit sein. Ihr beide seid auserwählt, mir dabei zu helfen."
Ungläubig fragt die an sich gläubige Imken:
„Und wer hat uns auserwählt?"

„Gott selbst, aber jeder Mensch ist frei, dem Ruf zu folgen oder nicht."
Imken: „Ich werde Gott dienen. Er wird Freude an mir haben!"
Michael schaut zum Pfarrer.
„Und du?"
„Eine rhetorische Frage. Ich habe mein Leben schon vor Jahren Gott gewidmet.
Ich bin nur ein kleiner Pfarrer. Wie unsere katholischen Brüder mit ihren Bischöfen, Kardinälen und dem Papst, der entscheidet, was in der katholischen Kirche gelehrt wird, haben auch wir eine Hierarchie.
Über mir steht der Bischof, der Superintendent, der Landesbischof und die Synode der evangelischen Kirche in Deutschland. Bislang hat die Kirche sich lieber mit den Reichen und Mächtigen verbündet.
Unsere deutsche Geschichte belegt diese Behauptung mit vielen Beispielen. Ich nenne nur die Kirche im Dritten Reich, die Euthanasie und die Judenverfolgung."
Michael scheint mit diesem Argument gerechnet zu haben.
„Wenn die Menschen in der DDR so gedacht hätten, gäbe es keine deutsche Einheit in Freiheit. Habt keine Angst.
Ruft: *„Die Erde gehört uns! Wir wollen sie erhalten!"*, so wie sie in Leipzig gerufen haben: „Wir sind das Volk!" Die Zeit ist gekommen, die Menschen davon zu überzeugen, dass sie selbst Teil der Natur sind, eine Spezies, die schnell aussterben wird, wenn alles so weiterläuft."
Der Pfarrer runzelt die Stirn, weil er glaubt, nicht die Kraft zu haben, wie ein Märtyrer für die Rettung der Welt zu sterben.

Er hält Michael für einen weltfremden Gutmenschen und es widerstrebt ihm, dem studierten Theologen, sich von diesem Laien vereinnahmt zu lassen.
Vorwurfsvoll geht er Michael an:
„Du bist nicht von dieser Welt!
Du kannst dir nicht vorstellen, was die Reichen und Mächtigen zu aller Zeit mit denjenigen gemacht haben, die ihre Pfründe[28] bedrohten.
Selbst Richter und Staatsanwälte wurden fertiggemacht, wenn sie denen zu nahe kamen. Sie haben nicht einmal davor zurückgeschreckt einen gesunden Menschen zwangsweise in die Psychiatrie zu stecken. Der kam erst nach Jahren frei. Das ist gar nicht so lange her und kann jeden Tag wieder geschehen."
Michael nickt:
„Das ist richtig.
Ich habe am eigenen Leibe erlebt, wie schnell ein Mensch verfolgt wird, wenn er von der herrschenden Meinung abweicht und dies laut kundtut.
Aber dieses Mal wird uns nichts passieren.
Ich bin nicht gekommen, um mich kreuzigen zu lassen.
Ich halte nicht die rechte Wange hin, wenn ich auf die linke geschlagen werde.
Kommt mal beide zu mir."

Zögerlich treten Imken und der Pfarrer zu Michael.

---

28 Pfründe bezeichnet ein einträgliches Amt und Einkommen ohne Arbeit, früher Kirchengut.

Dieser legt eine Hand auf Imkens Kopf und eine auf den Kopf des Pfarrers, der das nur widerwillig akzeptiert.
„Ich segne euch im Namen unseres Herrn, im Namen Gottes. Ihr werdet stark sein und eure Angst überwinden. Ihr werdet kämpfen und siegen. Generationen später werden die Menschen eure Namen verehren und sich an euch erinnern, als diejenigen, die anfingen, auf der Erde im Einklang mit der Natur zu leben."
Etwas Wundersames geschieht. Das dunkle Zimmer mit dem kleinen Fenster erstrahlt in taghellem Licht.
Die beiden spüren eine nie erlebte angenehme Wärme in ihrem Inneren.
Es herrscht eine feierliche Stille. Niemand spricht.
Gleichzeitig verschwinden Angst und Zweifel aus ihrem Herzen.
Imken und der Pfarrer empfangen dennoch eine Botschaft:
„Ihr seid auserwählt mit meinem Gesandten Michael, die Schöpfung oder wie die heutigen Menschen es nennen, die Biodiversität zu erhalten.
Kämpft mit eurem ganzen Herzen und mit eurem Verstand.
Ich werde stets bei euch sein. Habt keine Angst vor euren Feinden.
Ich selbst werde sie richten."
Mit dieser Drohung endet der Augenblick der Verzückung.
Allmählich finden Imken Hein und Pfarrer Gottwald wieder in das Hier und Jetzt ihres irdischen Daseins zurück, nicht fähig, ein Wort zu sagen.
Michael spricht daher:

„Es gibt eine Menge zu tun, wenn wir die Menschen gewaltlos überzeugen wollen, ihr über Jahre eingeübtes Verhalten zu ändern."

„Packen wir es an und entwerfen einen Strategieplan", sagt Imken, die sich wieder gefangen hat.

Auch der Pfarrer findet seine Sprache und seine Rolle als Respektsperson wieder:

„Jeder macht sich Gedanken und wir treffen uns hier in spätestens einer Woche wieder.

Bis dahin überlege ich, wie ich euch in die Gemeindearbeit integriere, um kein Misstrauen der Gemeindemitglieder aufkommen zu lassen.

Die hiesigen Menschen sind gegenüber Fremden erst einmal zurückhaltend.

Wenn sie aber Vertrauen gefasst haben, sind sie freundlich, hilfsbereit und sogar fröhlich."

3.5. In der Basilika[29]

Diesmal treffen sie sich in der ehrwürdigen Basilika Altenkrempe, deren Baubeginn auf 1197 datiert wird und die im Stile der Backsteinromanik mit dem spätgotischen Langschiff, dreischiffig ohne Querschiff errichtet wurde.
Stolz weist Pfarrer Gottwald Michael auf das aus dem 13. Jahrhundert stammende Taufbecken, die Kanzel von 1687 und den barocken Altar von 1741 hin.
Dann kommt er zum ersten Tagesordnungspunkt:
„Michael, bist du musikalisch und spielst du ein Instrument?"
Michael lächelt milde:
„Du möchtest wissen, ob ich eure Orgel spielen kann. Ein schönes Stück, von Orgelbauer Wilhelm Carl Friedrich Sauer 1901 gefertigt mit 26 Registern, besitzt ihr hier.
Ja ich bin dazu in der Lage. Soll ich eine Kostprobe geben?"
Gottwald verwirrt:
„Kanns du Gedanken lesen?"
„Ich habe viel gelesen in der letzten Woche, um mich vorzubereiten. Daher ist mir bekannt, dass die Stelle des Kirchenmusikers hier nicht besetzt ist und das bei einem großen Kirchspiel (Pfarrbezirk) mit 26 Dörfern.
Was darf ich vorspielen?"
„Spiel: Es ist ein Ros entsprungen oder andere Stücke, die in die Vorweihnachtszeit passen."
So geschieht es. Nicht nur Pfarrer Gottwald ist begeistert.

---

29 Altenkrempe, 28, November 2018

Zwei Presbyter, die sich zufällig in der Nähe der Kirche aufhalten, und der Kirchendiener betreten neugierig die Basilika und verharren still lauschend der Musik.
Einer der Presbyter raunt Pfarrer Gottwald zu: „Den hat uns Gott gesandt. Sofort einstellen, bevor eine andere Gemeinde ihn engagiert. Ich sorge gleich morgen für den Beschluss des Presbyteriums. Ich benötige nur den Lebenslauf und, falls schriftlich vorhanden, das Bewerbungsschreiben."
Mit diesen Worten löst er eine Stresslawine bei Pfarrer Gottwald aus.
Wenn dieser Michael tatsächlich von Gott gesandt wurde und kein Mensch ist, wie kann er dann einen Lebenslauf und Papiere vorweisen?
Wenn er aber einen Lebenslauf vorlegt, in dem steht, dass er schon mehrfach gelebt hat, was werden die Presbyter dann denken und was werden sie tun?

Als Pfarrer Gottwald nach Ende des Vorspiels Michael den Presbytern vorstellt, zieht dieser ein handschriftlich verfasstes Bewerbungsschreiben aus der Brusttasche seines von Imken geliehenen Jacketts und überreicht das Papier den Presbytern, die es kurz überfliegen.
„Prima, Sie haben in Südamerika sicher viel Erfahrung gesammelt, Herr Zimmermann", sagt der eine.
„Sie haben an alles gedacht, selbst die Steueridentifikationsnummer, da lege ich gleich eine Personalakte an", pflichtet der andere bei.

Pfarrer Gottwald fällt ein Mühlstein von der Seele. Michael Zimmermann besitzt eine Steueridentifikationsnummer des Finanzamtes.
Das macht ihn menschlich.
Jetzt wird nichts mehr schief gehen.

Sobald sie unter sich sind, sagt Gottwald nur:
„Ein Gesandter Gottes mit Steueridentnummer! Das ist ein neues Wunder!"
„Nein", erwidert Michael, „Gott ist nur allwissend und bereitet seine Missionen akribisch vor."

3.6. Adventszeit

Die Adventszeit war schon immer die Zeit der Vorbereitung auf den, der da kommen wird.
So ist es jedes Jahr, aber in diesem Jahr ein wenig anders als in den anderen Jahren, an die sich Pfarrer Gottwald erinnern kann.
Schnell spricht sich herum, dass es einen neuen Organisten gibt.
„Ein schöner Mann“, sagen die Frauen.
„Ein selten begabter Musiker“, sagen die Männer.

Pfarrer Gottwald erhält große Anerkennung für seine Neueinstellung.
Das Orgelspiel im Gottesdienst gewinnt an Bedeutung.
Mancher Gottesdienstbesucher scheint nur deswegen in die Basilika zu kommen. Die Gottesdienste sind überraschend gut besucht.
Wer zu spät kommt, findet keinen Sitzplatz mehr.
Zu Michael sagt Pfarrer Gottwald: „Mein Vortrag der Worte Gottes tritt hinter dein Spiel zurück. Viele kommen deinetwegen.
Meine Idee: Wir nutzen das und bieten nach den Weihnachtsfeiertagen eine Sonderveranstaltung an.“
Imken hat sich einen Titel für eine kleine Plakataktion überlegt: „Die Orgel im norddeutschen Barock.“
Die Presbyter sind begeistert: „ Das passt genau zu unserer Kirche.

Und zu unserer Heimat, hatte doch Sebastian Bach um 1700 in Lüneburg Kontakt zur norddeutschen Orgelschule um Georg Böhm, Dietrich Buxtehude und Johann Adam Reincken."
Michael schaut skeptisch. Das bleibt Pfarrer Gottwald nicht verborgen.
„Hast du Einwände, Michael?"
„Nicht gegen die Musik. Mit ihr öffnen wir die Herzen der Zuhörer.
Aber nur mit Worten können wir sie zum Kampf für den Erhalt des Lebens auf dieser Erde motivieren. Die Musik bildet nur den Rahmen.
Laden wir doch zu verschieden Themen ein, zum Beispiel:

- Was sagt die Bibel zur Massentierhaltung,
- Die Überfischung der Meere und ihre Folgen,
- Wachstum ohne Grenzen und Ende,
- Die Ursachen des Insektensterbens,
- Das Aussterben alter Haustierrassen,
- Warum sterben Arten aus,
- Unser Trinkwasser."

„Sehr gut, nur sollten wir die Reihenfolge der Themen mit Bedacht wählen.
Wenn wir gleich mit Pestiziden und Überdüngung anfangen, werden wir die Bauern sofort gegen uns haben. Die Bevölkerung in unserer Gemeinde ist eng mit der Landwirtschaft verbunden.
Anfangen würde ich mit den durch schwimmende Fabriken leergefischten Meeren. Das bewegt die Menschen hier an der Küste."

Da es keinen Widerspruch gibt, stürzen sich die drei Weltretter sogleich in die Vorbereitung der ersten Veranstaltung im Januar, die dann gleich mit dem Neujahresempfang der Gemeinde verbunden wird.
Pfarrer Gottwald wird zum Thema sprechen: „Was sagt die Bibel über die Tiere?“.
Imken wird Fakten zur Überfischung der Meere zusammentragen, das Plakat entwerfen und für das Event werben.
Michael wird Orgel spielen und zum Thema Überfischung sprechen.
Das Presbyterium ist so vom neuen Organisten angetan, dass es allem zustimmt.
Endlich wird die Basilika Altenkrempe wieder ein bedeutendes Zentrum des Glaubens werden, so wie damals, bevor Neustadt in Holstein (Neu-Krempe) gegründet wurde.

Kapitel 4
Aufregung an der Ostsee

4.1. Das Apothekerehepaar[30]

Das Apothekerehepaar Daverkausen ist sich nicht einig. Einerseits sind sie froh, dass ihre einzig Tochter Liliane erstmals einen Mann mit nach Hause gebracht hat und es nicht mehr völlig ausgeschlossen ist, dass sie Enkel bekommen.
Andererseits erscheint ihnen ein Polizist im mittleren Dienst nicht standesgemäß, wo sie selbst und ihre Tochter doch Akademiker sind.
So sieht es die Mutter, die keine Akademikerin, sondern PTA (Pharmazeutisch-Technische-Assistentin) ist, was sie nicht vor dem Dünkel schützt. Früher war eben die Frau des Apothekers „Frau Apothekerin".
Ihr Ehemann hält nichts davon, dass seine Frau kraft Eheschließung Akademikerin wurde, er schweigt aber in Gegenwart Dritter, des lieben Friedens willen. Er vertritt im Übrigen die Auffassung, dass ein Mann besser ist als kein Mann und es schlimmer hätte kommen können, als eine Liaison mit einem Beamten.

Als Ausgleich zum Verkauf von Schmerz-, Potenz- und Erkältungsmitteln besuchen die Eheleute Daverkausen Konzerte, am liebsten Kammerkonzerte auf Gut Hasselburg. Dort sind sie auch Mitglied im Förderverein.
Wie so viele besuchen sie die Gottesdienste ausschließlich zu Ostern und zu Weihnachten.

30 Neustadt in Holstein, Januar 2019

Musik liegt ihnen stets am Herzen, so dass sie das Orgelkonzert mit dem neuen, so begabten Organisten besuchen.
Ihrem Versuch, ihre Tochter Liliane mit männlichem Anhang für diese Veranstaltung zu gewinnen, war kein Erfolg beschieden.
Lilianes Vater ist das gleichgültig. Seine Frau versucht er zu besänftigen:
„Ach, diese jungen Leute, wollen sicher einmal alleine sein. Rund um die Uhr mit Schwiegereltern hätte auch mir nicht gefallen."
Dem Hauptkommissar Häcker spricht er damit aus der Seele, seiner Tochter allerdings auch.
Man einigt sich auf ein gemeinsames Abendessen nach dem Konzert in der Basilika. Häcker lädt ein und Frau Daverkausen sucht das Restaurant aus.
Sie werden im Stammlokal der Familie Daverkausen speisen, einem italienischen Restaurant, geführt, was nicht selbstverständlich ist, von einem waschechten Italiener, Herrn Balboni. Den Namen des Inhabers erwähnt Frau Daverkausen gegenüber Häcker nicht.

4.2. Gottesdienst[31]

Hätte Hauptkommissar Häcker gewusst, dass seine Zielperson der Organist in der Basilika in Altenkrempe ist, wäre er mit großer Freude mitgekommen.
So findest das Ereignis, von dem die Gemeindemitglieder und viele Ostholsteiner noch lange reden werden, ohne ihn statt.
Häcker stapft derweilen tapfer aber schweigsam über den Strand der Lübecker Bucht, gefolgt von Liliane Daverkausen, die im Bekanntenkreis der Apothekerfamilie Daverkausen unter der Hand längst als seine Verlobte gehandelt wird.
Häcker bemerkt die Tränen in ihren Augen.
Diese können zwei Ursachen haben: der kalte Seewind oder sein Schweigen. Tränen verunsichern ihn. Deshalb sagt er „Lass uns doch ein Café aufsuchen und ein wärmendes Getränk genießen."
Liliane lächelt gequält. Sie leidet unter der ganzen Situation. Die Eltern behandeln sie wie ein kleines Kind. Die Mutter lehnt ihren Manfred ab. Der fühlt sich hier sichtlich unwohl und reagiert in der Weise, dass er sich zurückzieht und schweigt.
Sie hatte gehofft, heute, wo sie endlich unter sich sind, würde er mit ihr reden.
Mehrfach hatte sie vergeblich versucht, ein Gespräch in Gang zu bringen.

---

31 Altenkrempe, Januar 2019

Während sich Liliane und Manfred im Café anschweigen, spricht Pfarrer Gottwald in der Basilika Altenkrempe seine einführenden Worte:

„Inzwischen ist anerkannt, dass das Artensterben die göttliche Schöpfung und unmittelbar damit verbunden unsere eigene Existenz bedroht.
Was bedeutet dies für uns Christenmenschen?
Sind wir nicht verpflichtet zu handeln?
Was sagt uns die Bibel über die Tiere und ihren Wert?

Werfen wir einen Blick in die Schöpfungsgeschichte, 1. Buch Mose.
Als er Himmel und Erde geschaffen hatte, Land und Wasser und die Erde schon begrünt war mit vielerlei Pflanzen, kam am fünften Tage der Schöpfung die Reihe an das Leben im Wasser und in der Luft, Fische, Vögel und große Wassertiere.
Als er das von ihm geschaffene Leben im Wasser und in der Luft sah, war Gott zufrieden und er tat etwas Bemerkenswertes: Gott segnete seine Geschöpfe und sagte zu ihnen: Seid fruchtbar und mehret euch!
Am sechsten Tage dann schuf er „Lebewesen aller Art, Vieh, Kriechtiere und Wildtiere. Erst dann (Vers 26) taucht der Mensch in der Schöpfungsgeschichte auf. Ich zitiere aus der Luther-Bibel:

„Gott schuf den Menschen zu seinem Bilde, zum Bilde Gottes schuf er ihn und schuf sie als Mann und Weib. Und Gott segnete sie und sprach zu ihnen: Seid fruchtbar und mehret Euch und füllet die Erde und machet sie euch untertan und herrschet über die Fische im Meer und über die Vögel unter dem Himmel und über das Vieh und alles Getier, das auf Erden kriecht."
Der Mensch ist bestimmt, über die Schöpfung zu herrschen; von Zerstören der Schöpfung ist nicht die Rede.

Der Stellenwert der Tiere für Gott ist in einer anderen Erzählung in der Bibel beschrieben.
Noah erhält den Auftrag, die Tiere zu retten und zwar jeweils Männchen und Weibchen, damit sie sich fortpflanzen. Er sichert den Fortbestand der Tiere nach der Flut. Noah soll mit den Tieren leben.
Erneut übergibt Gott damit die Tiere der menschlichen Obhut.
Von der Wertigkeit der Tiere erfahren wir im Neuen Testament durch Jesus, Lukas 14, 5:
„Und er sprach zu ihnen: Welcher ist unter euch, dem sein Sohn oder sein Ochse in den Brunnen fällt und der ihn nicht alsbald herauszieht am Sabbattage."
Sohn und Ochse stehen hier in der Bedeutung auf einer Ebene.

Das Leben des Tieres ist schützenswert, so wie das des eigenen Sohnes.
Unsere Meere werden beschrieben mit Psalm 104, 24,25:
„Da ist das Meer so groß und weit. Darin ein Gewimmel nicht zu zählen, kleine und große Tiere."

Für uns als Christen besteht kein Zweifel daran: Die Tiere sind Teil der Schöpfung wie wir Menschen. Sie sind nicht minderwertig. Sie wurden schon vor uns geschaffen.
Gott übergab die Tiere unserer Verantwortung und Obhut. Wir sind verantwortlich.
Darüber denkt nach und lasst die barocke Kirchenmusik, vorgestellt von unserem neuen Organisten Michael Zimmermann auf euch wirken.
Im Anschluss wird Michael einige Worte an uns richten."

In der darauffolgenden Stunde erfüllt der Klang der von Michael meisterhaft bespielten Orgel die altehrwürdige Basilika.
Sein Spiel berührt die Seelen der Anwesenden und erfüllt sie mit tiefem Frieden.
Die Hektik der Festtage, ihre Sorgen und Nöte, die Unruhe in ihren Herzen, all das fällt von ihnen ab.
Die leeren Kraftdepots der anwesenden Menschen füllen sich mit einer nie gekannten Kraft und Entschlossenheit, bereit Neues zu wagen.

Damit ist der Weg bereitet und es ist nur noch ein kleiner Schritt hinaus in die Welt zu schreien: *„Wir sind die Kinder Gottes und wir retten Gottes Schöpfung!“*[32]

Pfarrer Gottwald spürt die Gunst der Stunde. Von seiner Kirche aus wird die neue Bewegung der Christen die Welt erobern.
Gottwald flüstert zu Imken:
„Jetzt hängt alles von Michaels Ansprache ab.“
Imken nickt, sagt aber: „Wir können uns auf ihn verlassen. Michael hat eine göttliche Begabung und ein reines Herz.“
Die Liebe, die Imken gegenüber ihrer Großmutter empfand, hat sie auf Michael übertragen.
Imken ist glücklich, weil sie einen Menschen kennengelernt hat, den sie liebt, wie den Bruder, den sie nie hatte.
Gespannt wartet sie auf dessen Worte.

---

32 Oder: „Wir sind die Kinder dieser Erde und retten die Biodiversität.“

4.3. Michael spricht.[33]

Nachdem der letzte Ton des Orgelspiels verklungen ist, bleibt Michael einen Augenblick an seinem Arbeitsplatz sitzen. Das erhöht die Aufmerksamkeit.
Dann schreitet er mit würdevollen langsamen Schritten zum Mikrofon.
Er beginnt seine Rede:

> *„Gott segne Euch alle und schenke Euch Aufmerksamkeit, denn das, was ich zu sagen habe, wird Euer Leben und die Leben Eurer Kinder und Kindeskinder mehr beeinflussen, als Ihr Euch das hier und heute vorstellt.*
> *Wir leben hier an der Ostsee und mit der Ostsee. Nicht wenige unter uns leben direkt oder indirekt von der Ostsee.*
> *Aber: Die Ostsee ist das am stärksten verschmutzte Meer Europas.*
> *Die Verschmutzung ist durch den Menschen verursacht.*
> *Munitionsreste aus dem Weltkrieg, die achtlos im Meer entsorgt wurden und langsam durchrosten, bedrohen mit den austretenden Giftstoffen jedes Leben.*

33 Altenkrempe, Januar 2019

Überdüngung: Die Flüsse transportieren jeden Tag das Ergebnis der Überdüngung in ihrem jeweiligen Einzugsgebiet in die Ostsee.
Mit verheerenden Folgen: Zum Beispiel Algenteppiche, die auf der Wasseroberfläche treibend den Wasserpflanzen das Licht nehmen und an den Stränden den Tourismus, der viele von Euch ernährt, gefährden.

Der Schiffsverkehr, der immer weiter zunimmt mit seinen Folgen wie Immissionen in die Luft, Entsorgung von Müll und Fäkalien ins Wasser, Ölteppiche auf dem Wasser und an den Stränden mit verreckten Seevögeln und vernichteter Fauna und Flora. Dazu werden fremde Arten eingeschleppt, die unseren heimischen Tieren den Garaus machen.

Offshore-Windparks, die durch Bau und Betrieb das Ökosystem des Meeresbodens schädigen.
Die schnelle Erwärmung des Meerwassers als Folge des Klimawandels, konkret bezogen auf die Ostsee um 1,5 Grad. In der Folge entsteht Sauerstoffmangel und in Bodennähe lebende Organismen sterben aus.
Diese haben eine wichtige Funktion im System Meer für die Vermehrung der Fische. Die Folge ist nicht zu übersehen. Die Fischbestände schrumpfen seit Jahren, in der Ostsee vor allem Dorsch und Hering.

Heringe schlüpfen früher, finden keine Nahrung und sterben.
Schon diese Ursachen führten bislang zu einem erheblichen Rückgang der traditionellen Fischerei, mit all den sozialen Folgen. Die Küstenbewohner haben sich einen anderen Erwerb gesucht, im Tourismus gefunden oder ihre Heimat verlassen. Inzwischen erkennen wir die negativen Folgen des immer weiter wachsenden Massentourismus, nicht nur an Ost- und Nordsee.

Viele der hier Anwesenden werden sagen: „Es wird doch etwas unternommen, sogar auf internationaler Basis. Es gibt doch Fangquoten!"
Die Wissenschaft sagt: Die Fangquoten haben den Rückgang der Fischbestände nicht gestoppt. Ich sage, das ist richtig, weil es keine wirksame Überwachung gibt.
Jedes Jahr sterben Millionen von Lebewesen durch diese schwimmenden Fabriken auf den Meeren, die aufgrund ihrer Fangmethoden nicht nur die Speisefische sondern zugleich große Mengen anderer Meeresbewohner aus dem Wasser fischen und dann als nutzlos tot ins Meer zurückwerfen. Da hilft keine Quote, nur ein streng überwachtes Verbot der Fangmethode.
Die früher in der Ostsee häufig anzutreffenden Schweinswale sind in ihren Beständen bedroht und werden, wenn sich nichts ändert, aussterben.

Wesentliche Ursachen sind der Parasitenbefall in Lunge und Ohren, der Unterwasserlärm durch den Schiffsverkehr, vor allem aber die Tötung durch die modernen Netze der Fangindustrie. Mehrere hundert Schweinswale verrecken jährlich in den Stellnetzen und werden als Beifang entsorgt.
Was die Meldepflichten betrifft, so bin ich überzeugt, dass sie nicht eingehalten werden. Es sterben nach meiner Überzeugung mehr Tiere als bekanntgegeben wird.

Ihr werdet mir vorwerfen, ich sehe zu schwarz. Schließlich habe sich im Umweltbereich seit den 1970er Jahren schon viel getan.
Der Himmel über der Ruhr sei wieder blau. Die Flüsse sauberer als in den 50er und 60er Jahren.
Die Politik sei aufgewacht, national und international.
1972 gilt als das Geburtsjahr der internationalen Umweltpolitik.
Es fand eine Umweltkonferenz in Stockholm statt.
Die Vereinten Nationen verkündeten ein Umweltprogramm.
National gab es das erste Umweltprogramm in Deutschland 1971.
Recycling und Abfallvermeidung wurden geläufige Begriffe.
2012 trat das Kreislaufwirtschaftsgesetz in Kraft.

Das Bundesimmissionsschutzgesetz 1973 führte zu einer Reduzierung der Schwefeldioxid-Emissionen um 90%.

Haben alle diese Maßnahmen das Artensterben gestoppt? Nein!!!!!!!
Haben all diese Maßnahmen den Klimawandel gestoppt? Nein!!!!!!!!!!!!
Ist die Schöpfung, ist die Menschheit in Gefahr? Werden wir Menschen zusammen mit den Tieren und Pflanzen aussterben, wenn sich nichts ändert? Ja!!!!!!!!!!!!
Bislang waren es Regierungen, die auf die Warnungen der Wissenschaft gehört und gehandelt haben, meist spät und halbherzig, vielfach überhaupt nicht.

Das hat nicht gereicht!!!!!!!!!!!!!!!!
Wir sind das Volk. Jeder Einzelne ist gefragt. Wir Christen aber stehen in erster Reihe der Verantwortlichen, denn unser Auftrag ist die Bewahrung der Schöpfung.
Ihr könnt nichts tun?
Diese Ausrede gilt nicht, nicht unter Menschen und erst recht nicht vor Gott.

Niemand zwingt Euch, zum Shoppen mal eben am Wochenende nach London zu fliegen und die Ozonschicht zu schädigen.

Niemand zwingt Euch, mit Kreuzfahrtschiffen zu reisen, die ihr Schweröl verbrennen und die Umwelt schädigen.
Niemand zwingt Euch, Lebensmittel in Plastikverpackung zu kaufen.
Niemand zwingt Euch, Euren Plastikmüll in die Umwelt zu entsorgen.
Niemand zwingt Euch, gefährdete Fischarten zu essen.
Niemand zwingt Euch, jedes Jahr neue Billigkleidung zu kaufen, nur weil die Industrie erklärt, die Modefarbe der Saison sei dieses Jahr eine andere.

Ich könnte die Aufzählung stundenlang fortsetzen.
Das würde nichts ändern.
Der Wille zur Veränderung muss nicht von mir oder der Politik ausgehen.
Ihr müsst es wollen und Gott hat Ihnen allen einen Verstand mitgegeben, der es jedem Einzelnen erlaubt, sein Verhalten zu überprüfen und zu ändern.
Gott wird am Ende einen Jeden nach seinen individuellen Taten richten.

Gehet raus in die Welt und rettet diese für Euch und Eure Nachkommen.
Kein anderer wird diesen Planeten für Euch retten."

Michael beendet seine Ansprache mit dem Ansinnen, ein gemeinsames Vaterunser zu beten.
Nach dem Gebet herrscht Schweigen in der Basilika.
Wenn eine Stecknadel fallen würde, könnten es alle hören.
Michael schreitet mit ruhigen Schritten still durch das Langschiff zum Ausgang.
Erst als er die Basilika verlassen hat, kommt Bewegung in die Menge.
Das Apothekerehepaar Daverkausen sieht sich in die Augen.
Sie sagt: „Ab sofort steht alles auf dem Prüfstand. Lass uns für die Zukunft unserer Tochter und deren Kinder kämpfen!"
Er sagt: „Mallorca ist gestrichen. Ich werde meine Schützenbrüder überreden, die Zeit und das Geld für die Reise in ein Umweltschutzprojekt zu stecken und nicht nur dieses Jahr."
Viele Besucher der Basilika denken und sprechen ähnlich.
Zur Freude von Pfarrer Gottwald schreibt die örtliche Presse später:
„Von der Basika Altenkrempe geht ein neuer Geist aus:
Christen sehen ihre Aufgabe im Kampf gegen Artensterben und Klimakollaps und für Biodiversität und Reduzierung des Kohlenwasserstoffausstoßes."
Die Verbände anderer Religionsgemeinschaften, voran die Juden und Muslime in Deutschland erklären, dass auch ihr Glaube die Erhaltung der Schöpfung gebietet.

Imken meint: „Es bleibt abzuwarten, ob ein geändertes Bewusstsein ein geändertes Verhalten nach sich zieht."

4.4. Schüsse in der Pizzeria[34]

Langsam leert sich die Basilika. Die Menge verhält sich anders als sonst. Die Menschen stehen im Bann des Erlebten, grübeln, schweigen und versuchen das Erlebte mit ihrem bisherigen Leben in Einklang zu bringen.
Frau Daverkausen denkt an die Mittelmeerkreuzfahrt, die ihr von ihrem Mann zum fünfzigsten Geburtstag geschenkt wurde und die vielen gemeinsamen Urlaube in südlichen Ländern in Hotelburgen, die in den schönsten Landschaften gebaut worden waren, nicht selten unter Zerstörung der vorhandenen einheimischen Bebauung, Flora und Fauna.
Sie erinnert sich an den Wasserverbrauch der Golfplätze, die sie und ihr Mann im Urlaub in wasserarmen Ländern aufgesucht hatten.
Frau Daverkausen schämt sich ob ihres Anteils an der Zerstörung der Lebensgrundlagen und spricht dies aus.
Herr Daverkausen schämt sich, sagt es aber niemandem.

So erreichen sie die Pizzeria, in der sie mit ihrer Tochter und diesem Polizisten verabredet sind. Er hatte sie eingeladen. Eine Pizzeria entspricht seiner Gehaltsklasse, hatte Frau Daverkausen zu ihrem Mann gesagt. Sonst meidet die Familie Daverkausen derart niedrigpreisige Lokalitäten, obwohl bei allen Restaurationsbetrieben in der Lübecker Bucht und in der Neustädter Bucht von niedrigen Preisen nicht die Rede sein kann.

34 Neustadt in Holstein, Januar 2019

Häcker hat einen Tisch für vier Personen reserviert und einen solchen erhalten, mitten im Restaurant. Die Plätze am Fenster mit Meerblick sind anscheinend den Einheimischen vorbehalten.
Während sie sich platzieren, bemerkt Liliane Daverkausen, dass in einer Ecke links von ihnen mehrere Tische zusammengestellt werden mit insgesamt 13 Stühlen.
Flüsternd fordert sie Häcker und ihre Eltern auf: „Wir müssen uns mit der Bestellung beeilen und schon essen, wenn die große Gruppe mit 13 Personen hier erscheint. Sonst warten wir stundenlang auf unser Essen."
Leider ist das Personal mit dem Umräumen und mit sich selbst beschäftigt, so dass sie lange auf die Speisekarte warten und nicht bestellen können.
Zeitgleich mit der Abfrage der Getränkewünsche am Tisch Daverkausen strömt die erwartete Gruppe, angeführt von Pfarrer Gottwald, in das Lokal.
Vater Daverkausen erkennt ihn sofort und sagt leise zu Häcker: „Da, der große Blonde, das ist der Organist der Kirche in Altenkrempe, der heute so wunderbar gespielt und über die Plicht eines jeden Christen zur Bewahrung der Schöpfung gepredigt hat. Er hat uns ein schlechtes Gewissen gemacht. Wir müssen unser Verhalten, was den Verbrauch von Ressourcen betrifft, dringend ändern."
„Und was möchten Sie trinken?", wird er in seinem Redefluss vom Service unterbrochen.
Häcker ist elektrisiert, starrt auf Michael und fragt Liliane: „Ist er der Patient, der aus deiner Klinik entwichen ist?"
Liliane dreht sich um und erkennt ihn sofort und er sie.

Ihre Blicke kreuzen sich für einen Moment, der ihr wie eine Ewigkeit vorkommt.
Michael lächelt sie an und erstickt damit ihren kurzzeitigen Wunsch, zu ihm zu eilen.
Ruckartig wendet sie sich zu Häcker: „Er ist es."
Frau Daverkausen zeigt ebenfalls Interesse für den Tisch.
„Ja, das ist der Organist aus Altenkrempe. Wie die da zu 13 Personen am Tisch sitzen, er in der Mitte, erinnert mich an das Gemälde, in dem Jesus und seine zwölf Jünger beim letzten Abendmahl abgebildet sind."

Endlich werden die Speisekarten gebracht und lenken kurz von Michael ab.
Dieser steht unerwartet an ihrem Tisch und begrüßt seine Ex-Ärztin und Befreierin mit einem kurzen Hallo, wendet sich aber dann an Häcker mit den Worten:
„Warum verfolgst du mich, Udo?"
Dann entfernt er sich wieder und hinterlässt vier ratlose Personen am Tisch.
Frau Daverkausen ist verwirrt und hat viele Fragen an Manfred Häcker und ihre Tochter:
„Kennst du ihn?
Warum sagt er so etwas?
Er hat dich Udo genant, verwechselt er dich mit einem anderen?

Ist das der, nach dem du fahndest?
Was hat er verbrochen?
Kennst du ihn auch, Liliane?"

Derart in Überlegungen und Fragen verstrickt, bemerkt niemand am Tisch, dass sich ein Mann, gekleidet wie ein Mitarbeiter der Pizzeria mit gezogener Pistole auf den Tisch zu bewegt, Häcker im Gehen anvisiert, abdrückt und trifft.
Häcker sackt in sich zusammen.
Pfarrer Gottwald entwindet dem Angreifer die Pistole, der reißt sich los, rennt aus dem Lokal und verschwindet in der Dunkelheit.
Einige Gäste stoßen Schreckensschreie aus. Andere rufen nach der Polizei und dem Rettungsdienst.
Michael kehrt zum Tisch zurück, bittet Liliane zur Seite und kümmert sich um Häcker: „Keine Angst Udo, du wirst es überleben. Es ist ein glatter Durchschuss.
Lebenswichtige Organe wurden nicht verletzt."
Dann legt er eine Hand auf die Eintritts- und die andere auf die Austrittswunde und stoppt damit die Blutung.
Niemand fragt sich, wie er ohne Untersuchung zu seiner Diagnose kommt und wie er bewirkt, dass die Wunden nicht mehr bluten.
Auch die Frage, warum Michael Manfred Häcker „Udo" genannt hat, wird im allgemeinen Trubel nicht gestellt.
Häcker wird mit einem Krankenwagen ins nahegelegene Neustädter Krankenhaus gebracht.
Dort überlegen die Ärzte lange, warum Häcker kaum Blut verloren hat.
Die örtliche Polizei rätselt, wer der Angeschossene ist, bis Liliane ihnen den BKA-Ausweis übergibt, den Häcker in seinem Koffer verwahrt hat.

Ein Kollege wurde angeschossen. Das motiviert die Polizei zu einer groß angelegten Ringfahndung, vergeblich, der Täter entkommt fürs Erste.
Sicherheitshalber postiert die örtliche Polizei einen Kollegen vor Häckers Krankenhauszimmer, da nicht auszuschließen ist, dass der Täter oder ein weiterer Täter einen zweiten Anlauf nimmt.

Häckers Vorgesetzter wird über das Attentat informiert und identifiziert dieses sofort als Mafia-Rache-Tat.
Die Fahndung wird ausgeweitet zu einer Großfahndung in Schleswig-Holstein. Die dänische Polizei wird informiert, sowie die Behörden in den angrenzenden Bundesländern Hamburg, Niedersachsen und Mecklenburg-Vorpommern.

Dass Häcker seine Zielperson gefunden hat, erfährt Kriminaldirektor Funke nicht.
Die ist für ihn derzeit ohnehin sekundär. Dass die Mafia ungestört Mordanschläge auf seine Männer verübt, hier in Deutschland, bringt ihn in Rage.
Die Suche nach dem Täter und seinen Hintermännern hat für ihn derzeit erste Priorität. Das ist keine Aufgabe für Häcker. Darum kümmern sich Kollegen.

4.5. Emotionen[35]

Im Krankenhaus hat Häcker alle Zeit, über das Geschehen in der Pizzeria nachzudenken.
„Wo war mein Instinkt? Wieso habe ich den Mörder nicht kommen sehen?“
Von Liliane und ihren Eltern erfährt er, dass dieser Michael ihn gerettet hat.
Er wäre verblutet, bevor die Rettung das Restaurant erreichte.
Den behandelnden Ärzten ist es ein Rätsel, dass Häcker so wenig Blut verloren hat und seine Wunden derart schnell heilen.
„Sie haben einen mächtigen Schutzengel “, sagen sie.
Häcker schweigt dazu.
Er erinnert sich klar an die Frage des Fremden: „Warum verfolgst du mich?“
Da ist eine Zielperson, ein Mensch, der anscheinend seinen Auftrag kennt und froh sein müsste, wenn sein Verfolger stirbt und ausgerechnet derjenige rettet ihn.
Häckers Zweifel an seinem Auftrag wachsen.
Nachdem drei Tage nichts geschehen ist, stellt die örtliche Polizei die Bewachung des Krankenzimmers ein, wegen Personalmangel.
Liliane Daverkausen erklärt sich spontan bereit, Häcker zu bewachen.
Häcker lehnt dankend wider besseres Wissen ab, zumal Lilianes Urlaub endet und sie an ihren Arbeitsplatz zurückkehren muss.

35 Neustadt in Holstein, Januar 2018

Dass sie wegen ihm ihren Arbeitsplatz riskiert, möchte er auf keinen Fall.

Liliane hat sich an Häcker oder besser gesagt, an einen permanenten männlichen Begleiter gewöhnt und fürchtet, ihre Eltern zu enttäuschen, die auf eine Hochzeit und einen Enkel warten. Die gebildete promovierte und selbstbewusste Frau bleibt gegenüber ihren Eltern in der Rolle des gehorsamen Kindes, das in vorauseilendem Gehorsam deren Vorstellungen leben wird.
Wäre sie doch schon schwanger, dann wären die Eltern mit ihr zufrieden, notfalls ohne Ehemann.
Sie verflucht, in der Zeit mit Häcker verhütet zu haben.
Sie lebt zudem in der Vorstellung, eine Schwangerschaft würde Häcker an sie binden.
Als sie zu zweit im Krankenhauszimmer sind, setzt sie alles auf eine Karte und spricht Häcker süß lächelnd mit perfektem Augenaufschlag an:
„Ich hab mich in dich verliebt! Wie siehst du mich? Kannst du dir eine gemeinsame Zukunft mit mir und gemeinsamen Kindern vorstellen?“
Häcker erkennt, dass dies eine vergiftete Liebeserklärung ist. Er hat nicht Psychologie studiert, aber das ist nicht erforderlich, um sie zu durchschauen.
Sie liebt ihn nicht wirklich, möchte aber ihren Eltern zuliebe einen Ehemann und einen Vater für ihre Kinder präsentieren.
Seine Antwort ist in der Aussage klar und hart, obwohl Häcker versucht, es ihr in Worten schonend beizubringen:

„Du bist eine äußerst attraktive Frau. Ich schätze dich und genieße die Zeiten, die wir gemeinsam verbringen.
Anfangs habe ich gedacht, dass sich mit dir mein Leben ändern könnte.
Aber gerade das Attentat auf mich hat gezeigt, dass die Gründung einer Familie unverantwortlich wäre.
Außerdem habe ich mit Maria die Liebe meines Lebens getroffen und verloren.
Ich hatte nach ihrem Tod geschworen, dass es keine andere Liebe für mich geben wird.

Es wird für mich auch in Zukunft nie eine Andere geben, die ich lieben werde. Mein Verstand hat mir die ganze Zeit gesagt, dass du es wert bist, dass ich mich in dich verliebe. Mein Herz aber bleibt kalt."
Liliane erstarrt. All ihre schönen Zukunftspläne haben sich in wenigen Sekunden als Illusion erwiesen.
Liebe und Hass liegen nahe beieinander.
Aus ihrem lieblichen Gesicht wird eine hasserfüllte Fratze:
„Du mieses charakterloses Schwein! Du hast mich nur ausgenutzt, um deine Zielperson zu finden. Kaum hast du ihn entdeckt, lässt du mich fallen wie eine heiße Kartoffel."
Häcker schüttelt den Kopf und murmelt:
„So ist das nicht."
Weiter kommt er nicht, denn sie springt auf und flieht aus dem Zimmer.
Im Türrahmen hält sie kurz inne:
„Lass dich nie wieder bei mir blicken, sonst sorge ich dafür, dass du in einer geschlossenen Abteilung einer psychiatrischen

Anstalt mit Tabletten vollgestopft deinem Ende entgegendämmerst."

Bevor Häcker seinerseits damit droht, dass er ihre Beteiligung an Michaels Entweichen aus ihrer Abteilung aktenkundig macht, ist sie verschwunden.
Häcker hat eine Gänsehaut. „Maria ist mit dem Messer und Tötungsabsicht auf mich zu; Liliane will mich in die Psychiatrie einsperren. Was sind diese Frauen nur für Monster?"
Häcker wünscht sich, nie wieder von Liliane zu hören.

Im Hause ihrer Eltern bricht Liliane zusammen. Sie vermag ihre Enttäuschung nicht zu verstecken oder gar zu verarbeiten. Da ihre Mutter hartnäckig auf einer Erklärung besteht, erzählt Liliane ihr, stark übertreibend, wie Häcker sie ausgenutzt und fallengelassen hat.
Statt der erhofften Unterstützung oder doch wenigstens verbaler Solidarität, macht ihre Mutter ihr Vorhaltungen und wirft ihr Leichtgläubigkeit und Dummheit vor.
Die Mutter, frustriert, da sich deren Erwartung, die Familie wachse durch die Geburt eines Enkels als unbegründet erwiesen hat, steigert sich in ihren Beschimpfungen:
„Du hast die ganze Familie blamiert. Wenn das sich rund spricht, wie stehen wir, dein Vater und ich, dann da?"
Liliane verhält sich auch in dieser Situation wie ein Kind: Sie läuft weg.
Sie ist beleidigt, schmollt und ist für die Eltern erst einmal nicht zu erreichen.

Das Apothekerehepaar sieht in Häcker den Schuldigen für das Leid der einzigen Tochter und den Umstand, dass die ihre Eltern links liegen lässt.
Ihr eigenes Interesse galt einem Schwiegersohn, nicht der Person Häcker.
Jeden Tag sprechen sie über Häcker, der in ihren Augen immer teuflischere Züge erhält.
Je öfter sie erfolglos versuchen, ihre Tochter zu erreichen, desto mehr steigern sie sich in Hass-Fantasien.
Das gipfelt in der Feststellung des Vaters: „Er hat unsere Familie zerstört, er gehört bestraft."
Im Hinblick auf den Jagdschein ihres Gatten und seine Lang- und Kurzwaffen, herrscht sie ihn an: „Komm nicht auf den Gedanken, den Bastard zu erschießen. Deine Waffen sind registriert. Ich habe keine Lust, dich im Gefängnis zu besuchen."
Er grinst:
„Frau! Wir sind Apotheker, wir haben bessere Möglichkeiten, unsere Feinde ins Jenseits zu befördern."

Häcker wundert sich nach dem Auftritt von Liliane nicht, dass die regelmäßigen Besuche der Familie Daverkausen unterbleiben.
An Stelle der Familie Daverkausen übernimmt Imken unaufgefordert die Versorgung und Betreuung des Patienten.
Frau Daverkausen hatte sie angesprochen und auf die Charakterlosigkeit des Manfred Häcker hingewiesen, „nur zur Warnung".
Hinzu kam, dass Liliane Daverkausen Häckers Besitz dem Pfarrer Gottwald übergeben hatte, mit der Begründung, dass

sie selbst und ihre Eltern keinen Kontakt mehr zu Häcker wünschen.
Häcker hatte die Erwartungen der Familie Daverkausen grob enttäuscht.
Er sei für sie gestorben, so die Aussage der Familie Daverkausen.
Häcker kann gut damit leben, für ihn war der Kontakt zu Frau Dr. Liliane Daverkausen von vorne herein in erster Linie dienstlich.
Er bereut die aktuelle Entwicklung nicht.

Dagegen ist das Kapitel Häcker für die Familie Daverkausen längst nicht abgeschlossen. Ihr Hass und der Gedanke an Rache für eine vermeintliche Demütigung haben ihre Seelen verseucht.

4.6. Mordanschlag im Krankenhaus.[36]

Häckers Gesundung ist soweit fortgeschritten, dass er stundenweise aufstehen kann und kleinere Spaziergänge am nahen Ostseestrand unternimmt. Er steigert seine Strecke jeden Tag.

So bricht er heute zu einem Gang in den Hafen von Neustadt in Holstein auf. Damit entflieht er der Verpflegung im Krankenhaus und genießt stattdessen im Restaurant „Lieblingsplatz“ den Mittagstisch: preiswert, schmackhaft und mit einem unbezahlbaren Blick auf das Binnengewässer.

Häcker erreicht den Weg, der am Ufer von Pelzerhaken nach Neustadt führt.
In der gleichen Minute betritt die Apothekerin Frau Daverkausen die Station.
Durch die vielen Besuche in der Vergangenheit ist sie bei den Krankenschwestern bekannt.
„Er ist nicht da!“, ruft eine Krankenschwester ihr zu.
„Ich bringe ihm nur etwas vorbei!“
„Wenn es keine Wertgegenstände sind, dann stellen sie es einfach an seinem Bett ab. Er wird ja irgendwann zurückkommen.
„Nur Wäsche!“
„OK!“ Die Schwester verschwindet in einem anderen Zimmer.

36 Neustadt in Holstein, Januar 2018

Frau Daverkausen stellt eine Tasche mit Kleidung im Zimmer ab und platziert in aller Ruhe und unbeobachtet Häckers Lieblingsnachspeise auf dem Beistelltisch neben dem Bett: „mousse au chocolat“, eine Riesenportion.
Dann verschwindet sie zügig.
Sie wird sagen, sie habe lediglich die Kleidung gebracht, mit der Mousse habe sie nichts zu tun.
Sorgsam hatte sie darauf geachtet, keine Fingerabdrücke zu hinterlassen und kein Behältnis zu verwenden, das in die Apotheke oder ihr Haus zurückverfolgt werden könnte. Auch bei der Wahl des Giftes wurde jeder denkbare Bezug zur Apotheke vermieden. Nach langer Diskussion hatten sich die Eheleute entschieden, Eisenhut zu verwenden: „Er soll langsam ersticken.“
Eisenhut ist eine der giftigsten Pflanzen Europas und enthält in allen Pflanzenteilen giftige Diterpen-Alkaloide.
Schon der Verzehr kleiner Mengen führt zu Atemstillstand oder Herzversagen.

Der Eisenhut findet sich nicht in ihrem Haus, der Apotheke oder ihrem Garten.
Er stammt aus dem Garten von Bekannten, nach dem die Daverkausens ab und zu sehen, da die Besitzer wie viele Rentner in Gran Canaria überwintern.
Bevor sie abreisen, pflegt die Rentnerin Trockensträuße aus verschieden Blumen zu fertigen. Sie will auf die schönen blauen Blumen nicht verzichten, obwohl sie, eine ehemalige Geschichtslehrerin, die mörderische Auswirkung von Eisenhut

kennt. Der war beliebt, wenn es galt, selbst in der Erbfolge aufzusteigen und einen Adelstitel zu erben.

Häcker begibt sich, satt und zufrieden auf den Rückweg zum Krankenhaus. Zur gleichen Zeit betritt ein Praktikant sein Krankenzimmer. Der hat den Auftrag, das Geschirr vom Mittagsmahl in der ganzen Station einzusammeln.
In Häckers Zimmer gibt es kein Geschirr, nur den offensichtlich nicht verspeisten Nachtisch.
Den nimmt der Praktikant mit.
Er stellt fest, dass die Portion nicht angerührt ist und mag die leckere Nachspeise nicht wegwerfen.
Nachdem er seinen Auftrag erledigt hat und ihn der kleine Hunger überfällt, schlingt er in einem unbeobachteten Moment in der Wäschekammer heimlich die ganze Portion gierig herunter.
Dann meldet er sich bei der Stationsschwester, um weitere Weisungen zu erhalten.
Schon bald spürt er ein Brennen und Kribbeln im Mund.
Wenig später wird ihm übel. Er eilt auf die Toilette. Dort erbricht er und als ob das nicht genug wäre, hat er zusätzlich Durchfall. Sein Kreislauf rebelliert, sein Herz kommt aus dem Rhythmus. Er schreit „ Hilfe“! Aber hier hört ihn niemand.
Es ist ihm nicht möglich, den Raum zu verlassen, da seine Muskulatur nicht reagiert. Es kommt zu ersten Lähmungserscheinungen.
Panik ergreift ihn und Todesangst. Dann versagt sein Herz.

Er liegt tot auf einer dem Personal vorbehaltenen Toilette des Krankenhauses. Jede Hilfe für ihn kommt zu spät.

Nur weil ein Krankenpfleger Stunden später die Toilette aufsucht, wird der tote Praktikant aufgefunden.
Da ist Häcker längst in sein Zimmer zurückgekehrt und über den Besuch von Frau Daverkausen informiert. Von der Mousse hat niemand Kenntnis.
Das leere Behältnis hatte der Praktikant im Abfall entsorgt.
Es ist daher unmöglich, einen Zusammenhang zwischen dem Besuch von Frau Daverkausen und dem Tod des Praktikanten herzustellen.

In aller Ruhe sortiert Häcker seine Sachen und bringt den Inhalt der Reisetasche im Schrank des Einzelzimmers unter.
Unterbrochen wird er durch einen Anruf auf seinem Handy.
Kriminaldirektor Funke erkundigt sich nach seiner Genesung, um ihm dann mitzuteilen, dass er sich nach wie vor in Lebensgefahr befinde.
Der flüchtige Attentäter sei immer noch nicht gefasst. Die Polizei habe die Telefone der Pizzeria, in der Häcker angeschossen worden war, überwacht.
Mehrere Personen mit dem Namen Fontana seien aus Italien unterwegs, um sich in einer Pizzeria in Neustadt zu treffen und ihn zu suchen und zu liquidieren.

Sofort betreibt Häcker seine Entlassung. Er erreicht nichts, da der zuständige Arzt, der berechtigt ist, die Entlassungspapiere zu unterschreiben, nicht mehr im Hause ist.

Obwohl er vom Spaziergang müde ist, traut sich Häcker nicht zu schlafen. Er sitzt im Bett mit fertiggeladener Waffe unter der Bettdecke.
Glücklicherweise befindet sich seine Dienstwaffe mit Munition in einer verschlossenen Kassette unter den Sachen, die Frau Daverkausen abgegeben hatte.
Kurz vor Ende der Besuchszeit wird die Tür des Krankenzimmers geöffnet. Häckers Hand gleitet unter die Bettdecke, bereit die Waffe zu benutzen.
Es ist nur die Krankenschwester: „Sie haben Besuch, aber nicht lange. In zehn Minuten werde ich die Besucher herausbitten."
Pfarrer Gottwald, Imken und Michael versammeln sich an Häckers Bett.

Gottwald ergreift das Wort und kommt ohne Umschweife auf den Grund ihres Erscheinens:
„Verlassen Sie das Krankenhaus so schnell wie möglich, am besten sofort. Ihr Leben ist erneut in akuter Gefahr. Die Mörder sind schon unterwegs."

Häcker erklärt, dass er seitens der Polizei schon gewarnt wurde, aber seine Entlassung erst am nächsten Morgen möglich sei.
Daraufhin bietet Pfarrer Gottwald ihm an, sofort mit zu ihm zu kommen. Er werde ihn am nächsten Morgen rechtzeitig ins Krankenhaus zwecks Abmeldung zurückbringen.
Weil Pfarrer Gottwald hier im Krankenhaus bestens bekannt und beliebt ist, spielt die Stationsschwester mit.
Häcker zieht sich um und packt. Seine Besucher warten derweil auf dem Flur auf ihn.

Die Nacht verbringt Häcker im Pfarrhaus im Gästezimmer. Nach dem Frühstück fährt Pfarrer Gottwald ihn zum Krankenhaus und wartet dort, bis Häcker „auf eigene Verantwortung" entlassen ist.

Es dauert Tage, bis das Apothekerehepaar die Notiz in der Tageszeitung findet, auf die sie sehnsüchtig warten: Überschrift: „Tod im Krankenhaus" ,Text:
„Ein Praktikant kam anlässlich seines Praktikums im örtlichen Krankenhaus aus ungeklärten Umständen ums Leben. Dem Vernehmen nach ist er erstickt. Die Ursache ist bislang nicht gefunden."
Frau Daverkausen fragt ihren Mann: „Wieso schreibt die Zeitung Praktikant?"
Herr Daverkausen runzelt die Stirn: „Aus Gründen des Datenschutzes. Der Tod eines Polizisten wird sicher nicht verkündet, um die Bevölkerung nicht zu beunruhigen."
Frau Daverkausen glaubt ihrem Mann erst, nachdem ihr Kontrollanruf im Krankenhaus am nächsten Morgen ergibt, dass es dort keinen Patienten mit dem Namen Häcker mehr gäbe. Weitere Einzelheiten könne man aus Gründen des Datenschutzes dazu nicht sagen.

Beim Treffen der Fontanas in der Pizzeria, schlägt die örtliche Polizei zusammen mit einem Sondereinsatzkommando zu. Alle seit langem gesuchten und bis dahin auf freiem Fuß befindlichen Mitglieder der Familie Fontana werden verhaftet. Diesmal wegen der geplanten und gescheiterten Mordanschläge in Deutschland gegen Häcker in Liblar und hier in

der Lübecker Bucht. Die Verfahren werden durch die hiesige Staatsanwaltschaft eröffnet und durch einen Richter wird Untersuchungshaft angeordnet.
Nicht ausgeschlossen wird, dass die Fontanas Dritte beauftragen, Häcker zu liquidieren. Die Gefahr für ihn ist nach Einschätzung der Polizei nicht vorbei.

Kapitel 5
Beginn einer Volksbewegung

5.1. Die Aussprache

Im Pfarrhaus in Altenkrempe sitzen Gottwald, Imken, Michael und Häcker, zusammen an einem Tisch und beratschlagen, wie es weitergeht.
Von der Verhaftung der Fontanas wissen die Anwesenden nichts.
Michael war es, der vorausgesehen hatte, dass es im Krankenhaus zum wiederholten Mal zu einem Anschlag auf Häckers Leben kommen würde.
Sie hatten gemeinsam beschlossen, Häcker zu retten.
Nur Michael hat bislang davon Kenntnis, dass Häcker auf ihn angesetzt ist.
Die Frage steht im Raum: „Warum verfolgst du mich?"
Für Häcker lautet die Frage: „Warum rettest du mich und beschützt mich, obwohl du mich durchschaust?"
Pfarrer Gottwald spürt die Spannungen und ergreift die Initiative:
„Herr Häcker, Sie sind Polizist, ist das richtig?"
Häcker glaubt, dass es hier und jetzt unklug wäre, zu lügen.
„Ja, ich bin Kriminalhauptkommissar beim Bundeskriminalamt."
Michael schweigt.
An seiner Stelle fragt der Pfarrer weiter.
„Michael hat Sie in der Pizzeria gefragt: „Warum verfolgst du mich?" Daher nehme ich an, dass Sie irgendeinen dienstlichen Bezug zu unserem Organisten Michael Zimmermann haben. Bitte klären Sie uns auf!"

Häcker ist nicht der Mann, der Dienstgeheimnisse ausplaudert. Er ist gleichzeitig nicht undankbar gegenüber den Menschen, die ihm das Leben gerettet haben und vermutlich in diesem Moment wieder retten.

Dieser Interessenkonflikt verzögert eine Antwort.

Häcker schluckt, räuspert sich und erklärt:

„Bevor ich Ihre Frage beantworte, bedanke ich mich bei Herrn Zimmermann dafür, dass er mir in der Pizzeria das Leben gerettet hat und bei allen Anwesenden für Ihre Sorge um meine Sicherheit im Krankenhaus und dafür, dass Sie mich hierher gebracht haben.

Nun zu der Frage, die Sie mir gestellt haben.

Es ist richtig, dass ich den Auftrag habe, Herrn Michael Zimmermann zu observieren. Den Auftrag habe ich von meinem unmittelbaren Vorgesetzten erhalten. Ich habe erst abgelehnt, wurde aber massiv unter Druck gesetzt und befürchtete, bei einer Weigerung entlassen zu werden. Ich denke, dass mein Arbeitgeber seit längerem einen Entlassungsgrund sucht.

Formeller Anlass für den Auftrag war, dass Herr Zimmermann die geschlossene Abteilung der Psychiatrie in Zülpich Marienborn ohne Entlassung verlassen hatte.

Zunächst war es meine Aufgabe festzustellen, wie es zu der Einweisung gekommen und wie er aus der Klinik verschwunden ist.

Vor Ort habe ich Frau Dr. Liliane Daverkausen kennengelernt. Wir sind uns nähergekommen und ich habe mich auf Anraten meiner Behörde in ihrer Wohnung versteckt, da die Mafia bereits versucht hatte, mich zu töten. Die Täter waren

entkommen und ein weiterer Mordversuch war wahrscheinlich. Sie alle haben den dritten Versuch in Folge miterlebt.
Dr. Daverkausen war es, die ihre Eltern, die hier in Ostholstein eine Apotheke betreiben, über den Jahreswechsel besuchen wollte und mich überredete, mitzukommen.
Das Zusammentreffen mit den hier Anwesenden in der Pizzeria war ein reiner Zufall und nicht ein Erfolg meiner Suche, ich kann Schicksal sagen.
Da die Mafiafamilie Fontana ein Kopfgeld auf mich ausgelobt hat, war der Mordanschlag auf mich kein Zufall. Ich war arglos und leichtsinnig, in eine von einem Italiener betriebene Pizzeria einzuladen."
Als Häckers Redefluss versiegt, fragt der Pfarrer nach.
„Was wird denn in Zukunft geschehen. Sie haben Herrn Zimmermann, wenn auch zufällig, aufgespürt. Werden Sie ihn jetzt verhaften und nach Zülpich in die Psychiatrie überführen, den Mann, der Ihnen das Leben gerettet hat?
Was ist Ihr Auftrag?"
In diesem Moment ist es totenstill im Zimmer.
Man könnte eine Stecknadel fallen hören.
Häcker ist am Zug und sieht keine Möglichkeit, der Frage zu entkommen.
„Meine Aufgabe ist es, Herrn Zimmermann zu beobachten und zu prüfen, ob es einen Grund für eine Anklage wegen Volksverhetzung gibt.
Die Einweisung durch die Polizei wurde mit Selbst- und Fremdgefährdung begründet, allerdings ohne dass mir oder der behandelnden Ärztin Dr. Daverkausen Tatsachen ersichtlich sind, die diese Einschätzung stützen.

Frau Dr. Daverkausen bezweifelte, dass die Einweisung rechtmäßig war, setzte sich aber gegen ihren Vorgesetzten nicht durch.
Letztlich hat sie ihn, mit Zustimmung der Richterin wegen der Aussage, „ Er sei gesandt, die Welt zu retten", zur Beobachtung für längstens vier Wochen in der Abteilung behalten.
Sie sagte, sie habe oft Patienten, die erklären, dass sie auserwählt und gesandt seien, die Welt zu retten.
Im Vordergrund stand für Frau Dr. Daverkausen die Feststellung, ob hinter der Aussage eine harmlose Fantasie steckt oder eine Selbst- oder Fremdgefährdung gegeben ist.
Eine Gefahr sah sie, meiner Kenntnis nach, bei Herrn Zimmermann nicht.
Deshalb hat sie ihm geholfen, die Klinik heimlich zu verlassen."
Gottwald insistiert:
„Warum hat die Ärtztin nicht offiziell seine Entlassung verfügt?"
„Sie hatte Angst vor ihrem Vorgesetzten. Deshalb hat sie es so organisiert, dass ihre Mitwirkung nicht bekannt wird."

Gottwald sieht zu Michael: „Nimm dir einen Anwalt, der für dich Einsicht in die Ermittlungsakte beantragt.
Herr Häcker, geben Sie uns das Aktenzeichen der Ermittlungsakte?"
Häcker bleibt bei der Wahrheit:
„Das ist der Grund, warum ich misstrauisch gegenüber dem Auftrag war und bin.
Es gibt keine Ermittlungsakte und in meiner Behörde keine Kostenstelle. Meine Spesen werde von einer Organisation

getragen, die sich durch Herrn Zimmermanns Auftreten bedroht sieht. Wer das ist, habe ich bis heute nicht erfahren."

Allgemeines Schweigen beherrscht den Raum..
Dann spricht Michael: „Danke, dass Sie die Wahrheit gesagt haben.
Dass Sie offen über ihren Auftrag gesprochen haben, bleibt unter uns.
Schade, dass Sie meine Rede in der Basilika nicht mit erlebt haben.
Dann könnten Sie meine angebliche Gefährlichkeit einschätzen!"
Imken mischt sich ein:
„Eigentlich hatten wir gedacht, Sie bei uns unterzubringen bis Sie in Sicherheit sind. Das scheidet bei dem, was Sie uns offengelegt haben, aus."
Michael schüttelt den Kopf: „Nein Imken, er ist in Gefahr und darf auf jeden Fall bei uns bleiben und sich davon überzeugen, dass wir keine Terroristen oder Verbrecher sind und dass wir nur das verfechten, was unsere Politiker in ihren Sonntagsreden unisono verkünden: Nachhaltigkeit, Umweltschutz, Kampf gegen die Klimaerwärmung usw. Bei der Gelegenheit kann er sein Spesenkonto für einen sinnvollen Zweck verwenden."
Der Pfarrer lacht, ohne dass für die übrigen Anwesenden ein Anlass erkennbar ist.
Diese blicken ihn fragend an.
„Ich habe mir vorgestellt, wie Herr Häcker deine Redemitschnitte abschreibt, dann mit seiner Kamera abfotografiert und subversiv einen Mikrofilm in der Toilette des Intercity

nach Köln versteckt, so wie es die DDR Spione damals mit abfotografierten öffentlich zugänglichen Geschäftsberichten großer Unternehmen für die Stasi gehandhabt haben."
Alle grinsen bei diesem Bild.
Imken fordert Häcker auf:
„Sagen Sie etwas! Bleiben Sie bei uns und überzeugen Sie sich davon, dass wir uns im Rahmen der Gesetze bewegen. Sind Sie bereit, uns mitzuteilen, was Sie an ihren Vorgesetzten berichten?"
Häcker überlegt einen kurzen Moment.
„Wenn er hierbleibt, ist er in der Lage tatsächlich festzustellen, ob Michael zu Unrecht verfolgt wird. Gleichzeitig erfüllt er seinen Auftrag, so dass sein Vorgesetzter dagegen nichts einwenden wird.
Die Tatsache, dass er enttarnt ist und seinen Auftrag offengelegt hat, wird sein Dienstherr nicht erfahren."
Er antwortet:
„Ja, wenn alle einverstanden sind, würde ich bleiben, aber Unterkunft und Verpflegung und sonstige Kosten bezahlen. Und ich werde sagen, was ich denke und berichte."
Pfarrer Gottwald blickt in die Runde. Imken nickt.
„Dann sind Sie und Ihr Geld willkommen. Nur zur Klarstellung merke ich an, dass wir auch Menschen helfen, die kein Geld haben."
Die Situation ist mit einem Male entspannt.
Imken plagt das Gewissen, hattes sie doch zunächst den Verbleib des Hauptkommissars abgelehnt. Daher schlägt sie vor, dass sich alle untereinander duzen, wo sie doch so eng zusammen wohnen, leben und speisen.

Der Vorschlag wird angenommen mit der Ausnahme, dass Pfarrer Gottwald darauf besteht, in Anwesenheit Dritter mit „Herr Pfarrer“ angesprochen zu werden.
Dabei fällt auf, dass der Vorname „Manfred“ durch Häcker und den Pfarrer doppelt belegt ist.
Häcker schlägt vor, ihn Udo zu nennen, nach seinem Geburtsnamen und erläutert, dass Manfred Häcker sein Tarnname sei, den er wegen der Verfolgung durch die Mafia angenommen habe.
Der Name Manfred Häcker sei aber verbrannt, da das organisierte Verbrechen, das ihn, den verdeckten Ermittler der Polizei, unter dem Namen Hartmut Deutsch kannte, Kenntnis davon hat, dass Häcker und Deutsch ein und dieselbe Person sind.
Ab sofort werde er wieder seinen Geburtsnamen Udo Neubert tragen.
Imken kann ihre Neugier nicht stoppen:
„Gefährdest du damit nicht deine Familie?“
„Nein, denn sie sind schon tot. Meine Eltern und meine Schwester sind gemeinsam bei einem Autounfall ums Leben gekommen.“
Die Anwesenden bekunden Udo Neubert, alias Manfred Häcker, ihr Beileid.
Bei Imken ist der Beschützerinstinkt geweckt.

5.2. Irdische Probleme[37]

Die erste Aufgabe der neuen Gemeinschaft ist, sich zu organisieren.
Nach einer kurzen Aussprache einigen sie sich darauf, dass Udo (Häcker) bei Imken in deren Haus wohnt. Michael zieht dort aus und bezieht die Dienstwohnung des Organisten nahe dem Pfarrhaus in Altenkrempe.
Der Pfarrer Manfred Gottwald bleibt in seiner Dienstwohnung, die ab sofort von Imken, nunmehr offizielle Haushälterin, betreut wird.
Imken, die bislang von einer kleinen Waisenrente und vom Erbe ihrer Großmutter lebte, hat jetzt ein regelmäßiges Einkommen. Für die Unterkunft und Verpflegung ihres neuen Untermieters Udo (Häcker), erhält sie in bar 1000 € pro Monat und zwar 6 Monate im Voraus.
Das mit der Vorauszahlung war Udos Idee, denn er fürchtet, dass der Geldfluss auf das Konto versiegen wird, wenn die Auftraggeber mit dem Ergebnis seiner Arbeit unzufrieden werden.

Eine breite Bewegung für die Erhaltung der Schöpfung und Rettung der Welt benötigt Menschen, die sich voll in den Dienst der Sache stellen.
Die Presse befördert Themen, die ihren Umsatz steigern, für eine gewisse Zeit.

37 Altenkrempe, Februar 2019

Haben sie sich abgenutzt, stürzt sie sich auf ein neues Projekt. Michael plant langfristig. Für ihn und seine Mitstreiter gibt es nur ihr Thema.
Keineswegs darf das Interesse an der Erhaltung der Schöpfung (Biodiversität)
jemals erlahmen.
Ein Thema am Leben und aktuell zu halten ist mit einer Menge Arbeit und Organisation verbunden.
Es wird jede Hand gebraucht.
Imken fragt Udo (Häcker) beim abendlichen Früchtetee, ob er mitarbeiten wolle.
Udo, der, wenn Imken im Haushalt des Pfarrers arbeitet, alleine in deren Haus zurückbleibt, ist dankbar für eine Beschäftigung. Er betreut die Internetportale. Den Inhalt liefern die drei Mitstreiter.
Ab sofort agiert Udo (Häcker) damit wieder verdeckt so wie ein Doppelagent.

Bevor er einen Mitschnitt von Michaels erstem Auftritt in der Basilika in die sozialen Netzwerke stellt, übermittelt er diesen „vertraulich" an seinen Vorgesetzten im BKA.
Kriminaldirektor Funke ist wider Erwarten voll zufrieden.
Er hat einen Informanten an der Quelle und damit vermeintlich die Kontrolle über das Geschehen.
In seiner ersten Analyse des ihm zugespielten Materials kommt er selbst zu dem Ergebnis: Dieser Michael trägt Tatsachen vor, im Stile eines Pastors. Strafbares vermag ich nicht zu erkennen. Aber das kann sich ja jederzeit ändern.
Die Auftraggeber teilen seine Auffassung nicht.

Sie wünschen, dass Michael aus dem Verkehr gezogen wird, bevor ihr Business Schaden nimmt.
Sie geben Funke zwei Wochen Zeit, ihren Wünschen nachzukommen, ansonsten „werden wir andere Wege gehen müssen."

Udo (Häcker) führt, wie ein Doppelagent, ein vertrauliches Gespräch mit Michael.
Zu seiner Verwunderung scheint Michael damit zu rechnen, dass Gewalt gegen ihn angewandt wird: „Ich bin vorbereitet."
Unbeirrt bereitet er seinen zweiten Auftritt in der Basilika vor.
Unterstützung erhält er von einem neu gegründeten Arbeitskreis, dessen Mitglieder wie die ersten Christen Fischsymbole als Erkennungszeichen tragen.
Die örtliche Landfrauenvereinigung stellt sie her und verkauft die Symbole zur Finanzierung des Organisationsaufwandes.
Leiter des neu gegründeten Arbeitskreises ist ein Mann namens Nils Knudsen.
Der sagt, er sei Journalist, hat aber weder Journalistik studiert noch eine Journalistenschule besucht.
Er arbeitet freiberuflich für ein Werbeblättchen, akquiriert Werbeanzeigen und fertigt zusammen mit den Anzeigenkunden nach deren Vorgaben Artikel über die Anzeigenkunden.
Diese Textbeiträge sind Füllstoff zwischen den einzelnen Werbeblöcken, eingesetzt, um den Eindruck einer richtigen Zeitung zu vermitteln.
Es handelt sich aber um die Fortsetzung der Werbung und ist nach dem Gesetz zu kennzeichnen.

Zusätzlich beschäftigt das Werbeblatt ausgebildete Journalisten, die meist über lokale Ereignisse im Vertriebsgebiet des Blattes berichten.
Da der Kollege, der über den neuen Organisten der Basilka Altenkrempe berichten sollte, an einer schweren Infektion erkrankt war, beauftragte der Verlagsleiter Nils Knudsen mit dem Besuch der Basilika.
Auf diese Weise lernte er Michael, den Organisten und Redner, kennen.
Die Musik versetzte ihn in erhöhte Aufnahmebereitschaft.
Die Rede beeindruckte ihn außerordentlich.
Die Aura des Redners zog ihn vollends in seinen Bann.
Seit diesem Tage träumt er intensiver von einer Journalisten-Karriere:
„Nils Knudsen, ein festangestellter Journalist bei einer bedeutenden Zeitung!"

Nils ist sich sicher, dass er mit der Erhaltung der Schöpfung, sein Thema gefunden habe, das ihn für weitere größere Aufgaben qualifizieren werde.
So nimmt er sich vor, von der ersten Stunde an dabei zu sein, und an der Änderung, erst des Bewusstseins und dann des Verhaltens der Massen mitzuwirken.
Dabei kommen ihm seine kommunikativen Fähigkeiten, die es braucht, um Kaufleute zu überzeugen, Anzeigen zu schalten, zugute.
Schon bald sucht er den Kontakt zu Pfarrer Gottwald und zu Michael.

Er überzeugt sie, beim ersten Thema „Artensterben in den Meeren“ zu bleiben und das nicht durch weitere Themen, wie die „Verseuchung des Bodens“ zu verwässern.
Nils argumentiert:
„Das ist wie mit der Werbung; eine einmalige Anzeige bringt kaum etwas.
Die stete Wiederholung führt zum Erfolg.“
Er werde ein Symposium über das Thema organisieren mit Michael sowie einem Vertreter eines Fischereiverbandes, und das kurzfristig und in der Aula der Jacob-Lienau-Gemeinschaftsschule in Neustadt, in der regelmäßig, außerhalb der Touristensaison, von Einheimischen besuchte Veranstaltungen stattfinden.

Nach Ablauf einer Woche melden sich die Auftraggeber erneut bei Kriminaldirektor Funke und versuchen, den Druck auf ihn zu erhöhen.
Dabei werfen sie ihm vor, für den Auftrag, Michael zurück in die geschlossene Anstalt zu bringen, den falschen Mann ausgesucht zu haben.
Sie bemängeln, ihm fehle Führungsstärke.
Am Ende des Gesprächs drohen sie offen, den Vorgesetzten des Kriminaldirektors anonym davon in Kenntnis zu setzten, dass dieser außerhalb seiner Befugnisse, finanziert durch eine schwarze Kasse und unter Missbrauch der Arbeitskraft eines unterstellten Mitarbeiters einen Privatkrieg gegen einen unbescholtenen Bürger führe, der nur von seiner Meinungsfreiheit Gebrauch mache.

Funke ist, ob der Verdrehung der Tatsachen, völlig perplex und unfähig, etwas zu erwidern.
Er braucht Zeit. Wo steht der Feind? Ist es wirklich Michael oder sind es seine Auftraggeber?

5.3. Tödliche Diskussion[38]

Voll bis auf den letzten Platz.
Nils Knudsen ist mit sich zufrieden, ist es ihm doch gelungen, allein durch einen kurzen Hinweis in dem Werbeblatt, für das er arbeitet, und durch Mund zu Mund Propaganda den Saal zu füllen.
Dass auch Pfarrer Gottwald und Imken im Gottesdienst und bei den anderen kirchlichen Veranstaltungen kräftig für die Veranstaltung geworben haben, blendet er in diesem Augenblick aus.
Für die Kirche nimmt deren Organist Michael Zimmermann, sowie ein Vertreter eines Fischereiverbandes in der Person eines Mitarbeiters, Jakob Mutig, an der von Nils Knudsen moderierten Diskussion teil.
Von der Geschäftsleitung des Verbandes war niemand zur Teilnahme bereit und Jakob Mutig hatte nur zugesagt, um seiner Freundin zu imponieren.

Knudsen führt, nachdem er die Teilnehmer vorgestellt hat, in das Thema ein:
„Etwa 90% der globalen Fischbestände werden zu stark für die menschliche Ernährung genutzt und 32% der Fische im Nord- und Ostatlantik sind überfischt.
Überfischt bedeutet, dass mehr Fische gefangen werden, als nachwachsen. Dieses führt zwangsläufig dazu, dass die Art

38 Altenkrempe, Anfang März 2019

verschwindet und für den Menschen eine Nahrungsquelle ausfällt.
Wir haben keinen Einfluss auf die Geschehnisse in Asien oder Afrika oder irgendwo auf der Welt. Kehren wir erst einmal vor unserer eigenen Haustür.
Die deutsche Hochseeflotte fischt im Atlantik, in der Nordsee, vor Norwegen, rund um Island und Grönland.
Die Schiffe dieser Flotte sind so ausgerüstet, dass der Fang sogleich frisch verarbeitet wird. Es handelt sich um schwimmende Fabriken."
Und dann stellt er die erste Frage:.
„Herr Mutig, wie stellt sich Ihr Verband zum Problem der Überfischung, welchen Anteil daran haben die in Ihrem Verband zusammengeschlossenen Unternehmen?"
Herr Mutig ist dankbar, die Gelegenheit zu haben, das Wort zu ergreifen.
Tagelang hatte er sich auf seinen Auftritt vorbereitet.
Er hat alle Stellungnahmen des Verbandes durchgearbeitet und sich Notizen gefertigt.
Die Worte sprudeln nur so aus ihm heraus. Zum Bedauern seiner Zuhörer spricht er zu schnell:
„Die Weltbevölkerung wächst ständig und immer rasanter.
Fisch ist ein gesunder und wichtiger Beitrag zur Ernährung.
Der Verbrauch von Fischen und Meeresfrüchten hat sich seit 1961 weltweit fast verdoppelt.
Unsere Mitglieder leben heute vom Fischfang und beabsichtigen dies in Zukunft ebenso.
Deshalb sehen wir uns verpflichtet, die Fangquoten einzuhalten.

Im Hauptfanggebiet, dem Nord-Ostatlantik, der die Nord- und Ostsee umfasst, werden fast 80% der Fischbestände nachhaltig bewirtschaftet. Daneben haben sich Aquakulturen entwickelt, die einen großen Teil des Bedarfes liefern."

Bevor er weiterredet, sagt Knudsen, so energisch, wie es ihm möglich ist:
„Danke, Herr Mutig. Die Gegenrede bitte durch unseren Kantor Michael."

Michael ist die Ruhe selbst.
Er hat seinem Gegenpart konzentriert zugehört und sich gleichzeitig seine Strategie zurechtgelegt.
Er eröffnet mit einer entwaffnenden Frage:
„Wenn sich Ihre Mitglieder alle an die Fangquoten und Auflagen halten, warum schrumpfen die Fischbestände dann immer weiter?
Es bleiben nicht viele Erklärungen.
Entweder sind die Fangquoten im Interesse der Fangflotten zu großzügig festgelegt.
Oder sie werden nicht eingehalten.
Wenn Ihren Mitgliedern nicht der schnelle Profit, - nach dem Motto: „Nach uns die Sintflut" -, am Herzen liegt, dann verzichten Sie doch ein Jahr lang auf jeden Fischfang und nutzen Sie Ihre Fangquoten nicht aus.
Sie geben Ihre Quoten nicht auf, treten sie nicht ab und verkaufen sie nicht, sondern achten darauf, dass sich kein anderer aus Ihren Fangquoten bedient."

Knudsen ist in seinem Element:
„Was sagen Sie zu dem Vorschlag, Herr Mutig?“
„Der Vorschlag ist so naiv, dass ich ihn kaum zu kommentieren vermag.
Wer soll das bezahlen? Die Schiffe verursachen Kosten, selbst wenn sie im Hafen liegen. Die Mannschaften erhalten Lohn, wenn nicht wechseln sie zu ausländischen Fangflotten und sind für unsere Mitglieder auf Dauer unersetzbar verloren.
Das ist Wahnsinn, Existenzvernichtung und weltfremde Träumerei in einem.“
Mutig schaut zu Michael:
„Es geht doch hier um die Frage, ob Ihre Schiffseigner grundsätzlich zu einem solchen Schritt bereit wären.
Wenn ja, werden wir gemeinsam an die Politik herantreten, der angeblich der Umweltschutz am Herzen liegt, mit der Forderung, diesen Verzicht sozial auszugleichen, etwa durch Kurzarbeitergeld und Entschädigung der Eigentümer. Es sind schon dümmere Sachen subventioniert worden.“
Mutig bleibt im Interesse und vermutlich im Auftrag seines Arbeitgebers bei der Ablehnung:
„Träumen Sie weiter, aber erwarten Sie nicht, dass die Mitglieder unseres Verbandes mit Ihnen träumen.“

Michael legt nach:
„Ich kann nicht träumen und ebenfalls nicht schlafen, wenn ich daran denke, was die heutigen Fischfangflotten anrichten. Mit bis zu 600 Meter langen und 200 Meter breiten Schleppnetzen zerstören diese am Meeresboden systematisch die Biotope, um Speisefische zu fangen, mit unabsehbaren Folgen.

Dabei kommt es zu erheblichem Kollateralschaden, der im Fachjargon Beifang genannt wird.
Es verenden hunderte Wale, Robben, Delfine, Haie und Rochen. Das ist in der Europäischen Union legal!!!
Ein Grund mehr, dass wir diese Bürokraten in Brüssel darauf hinweisen, dass wir das Volk sind, von dem nach dem Grundgesetz alle Macht ausgeht.
Und wir akzeptieren nicht länger, dass Tiere aus Gründen des Profits sinnlos und qualvoll verenden!
Den beliebten Schweinswalen hilft es nicht, dass sie unter Schutz stehen, wenn sie sich in einem Netz verfangen."

Das hat den Nerv nicht nur der anwesenden Tierschützer getroffen.
Die Volksseele erregt sich.
Diverse Zwischenrufe lassen den Lärmpegel anschwellen.
Knudsen bleibt Herr der Lage.
„Es ist Zeit, die Podiumsdiskussion zu unterbrechen, damit Sie, werte Zuhörer, zu Wort kommen.
Es ist zwar möglich, gemeinsam zu singen, aber nicht möglich, gleichzeitig zu sprechen. Deshalb bitte einer nach dem anderen mit Wortmeldung."
Die erste Wortmeldung bezieht sich auf Netze und darauf, dass auch die hiesigen Fischer ihre alten Netze in der Ostsee entsorgen und damit Meeresbewohner töten.
Der Nächste verweist auf seine Initiative, möglichst viele dieser herrenlosen Netze zu finden und aus dem Wasser zu ziehen.
Ein anderer schlägt vor, dass alle Konsumenten ein Jahr auf den Konsum von Fisch verzichten.

Die Gegenrede wirft ihm vor, zu einem strafbaren Boykott aufzurufen.

Das Argument greift Knudsen auf.
Er richtet die Frage an die beiden Podiumsgäste.
Herr Mutig ergreift sofort das Wort:
„Sie fordern öffentlich zu einem Boykott der Produkte unserer Fischereibetriebe auf. Schon das ist strafbar."
Michael widerspricht:
„Ich bin kein Jurist, aber soviel ist mir bekannt:
Nach der höchstrichterlichen deutschen Rechtssprechung ist ein Boykottaufruf nicht strafbar, wenn er aus Sorge um das Wohl der Allgemeinheit ausgesprochen wird. Das gilt vor allem dann, wenn hinter dem Aufruf keine eigenen wirtschaftlichen Interessen stehen.
Dann überwiegt die durch das Grundgesetz geschützte Meinungsfreiheit.
Der Herr hat sich mit seinem Beitrag keinesfalls strafbar gemacht."

Hinter der letzten Stuhlreihe, stehen weitere Zuhörer, die später gekommen sind und keinen Platz mehr gefunden haben. Unter ihnen befindet sich Hauptkommissar Udo Neubert (Häcker).
Bei Michaels Aussagen zur Strafbarkeit eines Boykottaufrufes nickt er und fragt sich, woher Michael, dessen Talent im Orgelspiel und in der Predigt liegt, derartige Rechtskenntnisse hat. Der Hauptkommissar hat aus Sicherheitsgründen sein Aussehen komplett verändert.

Imken sorgt durch regelmäßigen Haarschnitt für eine Vollglatze. Zur Kompensation hat er sich einen Vollbart wachsen lassen. Dazu trägt er im Freien eine Prinz-Heinrich-Mütze.
Touristen halten ihn für einen einheimischen Fischer.
Gespannt verfolgt er die Redebeiträge, vor allem die von Michael, insgeheim hoffend, dass er nichts sagt, was seinen Auftraggebern nutzen würde, um Michael aus dem Verkehr zu ziehen. Innerlich hat er, auch wenn es ihm nicht bewusst ist, die Seiten gewechselt.

Der Moderator lässt weitere Wortmeldungen aus dem Publikum zu.
In einem Wortbeitrag wird vorgeschlagen, den Boykott auf die bedrohten Arten zu beschränken. Sprotten, Goldbutt, Steinbutt, Flunder und die Meeresforelle seien nicht im Bestand gefährdet und könnten in Maßen weiter konsumiert werden. Der Wortbeitrag wird im Publikum kontrovers diskutiert.

In der allgemeinen Erregung fällt niemandem eine Frau auf, die sich bis an die Bühne herangedrängt hat, dort eine Pistole zieht und auf Michael zielt.
Ein Angehöriger der örtlichen Feuerwehr, der privat an der Veranstaltung teilnimmt, bemerkt dies und handelt sofort.
Die Frau drückt zwar noch ab. Der Schuss wird jedoch abgelenkt und trifft nicht Michael, sondern den Moderator, Nils Knudsen, der in sich zusammensackt.

Die Frau wird überwältigt und der Polizei übergeben.

Knudsen stirbt auf der Bühne. Sein letzter Gedanke ist Dankbarkeit.
Er ist dankbar dafür, dass ihm das Schicksal ganz am Ende seines bedeutungslosen Lebens den heutigen Auftritt und ein spektakuläres Ende geschenkt hat. Er ist der erste Märtyrer der neuen Bewegung, die die Welt retten wird.
Das Publikum gerät in Panik und verlässt fluchtartig die Aula.
Bei diesem Durcheinander ist es nicht möglich, festzustellen, ob die Frau von Komplizen unterstützt wurde.
Bei der späteren Vernehmung zieht es die Attentäterin vor, zu schweigen.
So bleibt ihr Motiv rätselhaft.
Auch die Frage, ob es Anstifter oder Mittäter gab, bleibt ungeklärt.

5.4. Nichts bleibt wie es ist.[39]

Udo (Häcker) macht sich, völlig zerknirscht, Vorwürfe, den Mord nicht verhindert zu haben.
Hätte er in der ersten Reihe gesessen, hätte er den Tod des Moderators vermutlich verhindert.
Um nicht von Mafiosi oder beauftragten Killern getötet zu werden, hatte er sich hinter der letzten Reihe in den Pulk der zu spät gekommenen Zuhörer gestellt.
Er schwört sich, zukünftig selbst den Part des Moderators zu übernehmen und nie wieder einen anderen Menschen zu gefährden.
Einen Moment lang beneidet er Herrn Knudsen und träumt davon, dass er der erste Märtyrer sei.
Dann ist er wieder dankbar, am Leben zu sein.
Er berichtet das Geschehen sofort und ausführlich seinem Vorgesetzten.
Dabei ist ihm ein Mitschnitt der Veranstaltung hilfreich.

Frau Dr. Daverkausen ist nach ihrer Rückkehr auf ihren Arbeitsplatz in der Klinik fest entschlossen, sich von Männern nichts mehr zu erhoffen und nichts mehr gefallen zu lassen.
Sie ertappt ihren Vorgesetzten Dr. Firmnich dabei, wie er eine hübsche, durch Erlebnisse im Bürgerkrieg in Jugoslawien schwer traumatisierte Patientin bedrängt und sexuell belästigt.

---

39 Deutschland, März 2019

Sie handelt eiskalt und überlegt.
Sie zieht sich unerkannt zurück, ruft eine Pflegerin hinzu, um zu vermeiden, dass ihre Aussage gegen die Aussage des Vorgesetzten steht und das Gericht ihn deshalb von dem Missbrauch einer Schutzbefohlenen freispricht.
Die Pflegerin hat selbst unter dem Stationsleiter gelitten und ist bereit, gegen ihn auszusagen.
Dr. Firmnich wird in flagranti ertappt. Mit heruntergezogener Hose ist er keine Respektsperson mehr.
So abgesichert, zeigt Dr. Daverkausen ihn beim Träger der Klinik und der Staatsanwaltschaft an.
Nachdem Dr.Firmnich vom Dienst suspendiert ist und sie von ihm nichts mehr zu befürchten haben, berichten weitere Mitarbeiter-innen von ähnlichen Vorfällen.
Dr. Firmnich sieht keinen anderen Ausweg, ein Verfahren, eine Verurteilung und eine öffentliche Bloßstellung zu vermeiden, als sich am Abend seiner Freistellung zu erschießen.
Seitdem leitet Dr. Daverkausen die Abteilung, erst kommissarisch, inzwischen hat sie offiziell die Leitung.

Kriminaldirektor Funke prüft zuerst die Wortbeiträge des verdächtigen Michael auf eventuelle strafrechtliche Relevanz. Er kommt zu dem Ergebnis, dass eine solche erneut nicht vorliegt. Er ist erstaunt über die Rechtskenntnisse dieses angeblichen Selbst- oder Fremdgefährders.
Bevor er sich Gedanken über das mörderische Attentat macht, wird ihm die Tagespost in sein Dienstzimmer gebracht.
Ein amtlich aussehendes Schreiben findet sein Interesse.
Absender ist die Klinik Zülpich Marienborn.

Neugierig öffnet er das Schreiben, das an ihn „zur Kenntnisnahme“ versandt wurde.
Es handelt sich um ein ärztliches Gutachten, in welchem dem Patienten Michael Zimmermann bescheinigt wird, dass in seiner Person weder Anzeichen für Fremd- noch Selbsgefährdung festgestellt wurden und auch sonst kein Grund bestehe, ihn in einer geschlossenen Abteilung der Klinik zu behalten. Daher werde seine sofortige Entlassung verfügt.
Das Schreiben ist auf den Tag zurückdatiert, an dem Michael die Klinik heimlich verlassen hatte.
Die Unterschrift entziffert der Kriminaldirektor mit „ Dr. Daverkausen“.
Funke zählt zwei und zwei zusammen und kommt zu dem Schluss, dass er missbraucht worden ist.
Wenn öffentlich wird, oder seinem Vorgesetzten zugetragen wird, dass er maßgeblich an der Verfolgung eines Unschuldigen, im Interesse Dritter und nicht des Staates beteiligt war, ist dies nicht nur das Ende seiner Karriere.
Er fürchtet den Verlust seiner Altersbezüge und sieht sich schon obdachlos vor einem Discounter um ein paar Cent betteln.
In seiner Panik lässt er sich für den gleichen Tag einen Termin beim Leiter der Behörde geben. Es gilt, den Erpressern zuvorkommen.
Bei seinem Vorgesetzten berichtet er wahrheitsgemäß, wie ihn ein Minister auf Veranlassung eines Wirtschaftsverbandes dringend gebeten habe, einen Mitarbeiter auf Michael Zimmermann anzusetzen, letztlich mit dem Ziel, diesen mundtot zu machen und in die Psychiatrie wegzusperren.

Zwar hatte der Minister bereits die Einlieferung unter dem Vorwand der Selbst- oder Fremdgefährdung mit Hilfe der Polizei veranlasst, der Mann sei aber aus der Klinik entwichen.
Bis dahin fällt es Funke leicht.
Zögernd offenbart er seinem Chef, wie und in welcher Weise er der „Bitte“ nachgekommen war.
Den Namen des Ministers nennt er nur auf Nachfrage flüsternd.
Funke rechnet mit dem Schlimmsten, seiner sofortigen Suspendierung, Disziplinarverfahren und Strafverfahren.
Sein Vorgesetzter schweigt eine Weile, während er missbilligend den Kopf schüttelt.
Was Funke nicht erfährt, ist, dass sein Vorgesetzter und der Minister konkurrierenden Parteien angehören und dass sein Vorgesetzter gerne Material gegen Politiker sammelt für den Fall, dass er selbst einmal Schwierigkeiten bekäme.

Der Leiter der Behörde erteilt Funke die dienstliche Weisung, alle Unterlagen und Aufzeichnungen unverzüglich an ihn zu übergeben und keinesfalls Kopien zu fertigen und zu behalten.
Dann habe er, möglichst ohne Verzögerung seinen Undercover Agenten Häcker zu informieren, dass die Ermittlungen gegen Michael Zimmermann wegen der Entlassungsverfügung von Dr. Daverkausen eingestellt sind.
Häcker solle bis morgen 12.00 Uhr alle offenstehenden Spesen von dem Konto in bar abheben.
Er, Funke und sein Mitarbeiter seien zu strengstem Stillschweigen über die Angelegenheit verpflichtet und würden von ihm persönlich zur Rechenschaft gezogen, wenn sie redeten.
Zu Funke sagt er dann abschließend:

„Das wäre alles für diese Mal.
Für den Fall, dass nochmals ein derartiges Ansinnen an Sie herangetragen wird, informieren Sie mich sofort.“
Funke fällt ein Stein vom Herzen.
Er handelt, wie von ihm erwartet.
Zusätzlich stellt er Häcker unter Verrechnung auf bestehende Urlaubsansprüche und eventuelle Ansprüche auf Freizeitausgleich und unter Fortzahlung der Vergütung für ein halbes Jahr von der Arbeit frei.
Er rät ihm, in Deckung zu bleiben, da das Mafiaproblem bislang nicht gelöst sei.

Udo (Häcker) glaubt, Imken, Michael und den Pfarrer beim gemeinsamen Abendessen zu überraschen, mit der Nachricht, dass das Verfahren gegen Michael eingestellt worden ist und es einen rechtmäßigen Entlassungsbescheid gäbe.
Das ist ihm nicht vergönnt.
Dr. Daverkausen hatte eine Kopie des Scheibens an Kriminaldirektor Funke an die Gemeindeverwaltung zu Händen des Pfarrers „persönlich/vertraulich geschickt.
Imken grinst: „Lieber Udo, du erzählst uns Schnee von gestern.“
Etwas Sorge klingt in ihrer Stimme mit. Sie fragt Udo:
„Dein Auftrag ist doch damit erledigt, oder? Wirst du uns jetzt verlassen?“
Udo (Häcker) zögert mit der Antwort, blickt in Imkens blaue Augen und neckt sie: „Dich verlassen, das kann ich nicht.“
Pfarrer Gottwald kommentiert das ohne nachzudenken mit den Worten:
„Was sich neckt, das liebt sich!“

Imken und Udo erröten gleichzeitig.
Imken fährt Udo (Häcker) zur Bank in Neustadt.
Er hebt den Kontostand von 12.324,22 € ab und übergibt den gesamten Betrag der „Kriegskasse“, die der Pfarrer verwaltet. Er selbst kann auf das Geld verzichten, da er nach wie vor seine Beamtenbezüge erhält, von denen er den überwiegenden Teil spart, da er weder eine eigene Wohnung noch sonst nennenswerte Ausgaben hat.

5.5. Gedenkgottesdienst[40]

Sein Tod hat Nils Knudsen die Bekanntheit verschafft, die er zu Lebzeiten gerne genossen hätte.
Entsprechend groß ist der Andrang bei dem Trauergottesdienst und der anschließenden Beerdigung.
Die Basilika Altenkrempe ist zu klein, um alle Trauergäste aufzunehmen.
Deshalb übertragen Lautsprecher den Gottesdienst nach draußen zu der Masse der angereisten Trauernden und Neugierigen.
Die örtliche Polizei erhält Verstärkung aus Lübeck, denn ein erneutes Attentat mit weiteren Toten würde Ruhe und Ordnung in Ostholstein nachhaltig gefährden.
Hass und der Ruf nach Vergeltung regieren die Gefühle eines großen Teils der hier wohnhaften Bevölkerung.
Hass auf den Mörder des tapferen Moderators.
Kritik an der Polizei, der es nicht gelingt, die Hintergründe aufzuklären und die Hintermänner zu fassen.
Hass auf die Fischfangindustrie, der unterstellt wird, den Mord in Auftrag gegeben zu haben.
Kritik an den Politikern, die das Thema nicht aufgreifen.
Bestraft werden die, die vom Fisch leben.
In ganz Ostholstein findet Fisch kaum Käufer. Fischgerichte werden von den Speisekarten gestrichen.
Fischbuden bleiben geschlossen.

40 Altenkrempe, Ende März 2019

Gründliche Kontrollen aller Personen, die in die Basilika drängeln, verhindern einen pünktlichen Beginn des Gottesdienstes. Die Straße vor der Basilika, eine Hauptdurchgangsstraße, die zur Autobahnauffahrt und weiter nach Neustadt i.H. führt, wird gesperrt, was ein lokales Verkehrschaos verursacht.
In der Vorbereitung haben sich Pfarrer Gottwald und Michael auf die Gestaltung des Gottesdienstes geeinigt.
Der Pfarrer ist für den eigentlichen Trauergottesdienst zuständig.
Der Organist Michael für die geeignete musikalische Begleitung.
Zusätzlich wird er eine kurze Rede gegen den Hass vortragen.
Udo Neubert (Häcker) verstärkt die Security.
Verdeckt trägt er seine fertiggeladene Dienstwaffe, bereit diese zur Verteidigung des Pfarrers und des Organisten einzusetzen.

12 Jagdmesser und 6 Dosen mit Pfeffer- oder Reizgasspray, sowie zwei Schreckschusspistolen entdeckt die Security bei der Einlasskontrolle.
Die hinzugezogene Polizei überprüft die Inhaber der Schreckschusswaffen und beschlagnahmen diese, da die Besitzer keinen (kleinen) Waffenschein besitzen.
Die Jagdmesser werden ebenfalls einbezogen, wenn diese nach der Länge der Klingen unter das Waffengesetz fallen.
Gegen alle Waffenbesitzer wird ein Platzverbot ausgesprochen.
Die Besitzer von Pfeffer- und Reizgasspray werden vor die Wahl gestellt, diese abzugeben oder das Gelände zu verlassen.

Pfarrer Gottwald ist verärgert, weil sich der Beginn des Gottesdienstes duch die gründlichen Eingangskontrollen verzögert. Dass in seiner Kirche gemordet wird liegt jenseits seines Vorstellungsvermögens.
Udo (Häcker) ist hingegen enttäuscht, weil die Polizei die Basilika nicht vor dem Gottesdienst auf Sprengstoff untersucht hat. Er malt sich aus, was passiert, wenn diese Unterlassung ein schwerer Fehler war.

Der eigentliche Trauergottesdienst verläuft störungsfrei. Nachdem die Orgelmusik verklungen ist, erscheint Michael und spricht zu der Versammlung:

> *„Gottes Segen sei mit euch auf all euren Wegen! Wir sind heute zusammengekommen, um uns an Nils Knudsen zu erinnern, und ihn auf seinem letzten irdischen Weg zu begleiten."*

Michael wendet sich zum Sarg:

> *Nils, du hattest uns deine tatkräftige Unterstützung zugesagt bei unserem Kampf für die Erhaltung unserer Lebensgrundlagen und du hast Wort gehalten.*
> *Wir hatten mit dem ersten Thema „Überfischung und Artensterben", begonnen, einem von vielen Themen, das sich mit der Zerstörung unseres Planeten und unserer Lebensgrundlagen befasst. Es war eine friedvolle Zusammenkunft von Menschen, denen Gottes Schöpfung am Herzen liegt, da sie doch selbst Teil der Schöpfung sind.*

Wir sind arglos in die Schulaula in Neustadt gekommen, voller Freude und Hoffnung darauf, dass wir viele Menschen überzeugen, dass es nur einen Weg gibt, den Untergang der menschlichen Zivilisation zu vermeiden:
Die Erhaltung der Natur und Umwelt, der Artenvielfalt mit sauberer Luft, sauberem Wasser, sowie fruchtbaren Böden, unbelastet von Pestiziden und andern „Unkrautvernichtungsmitteln.
Die unbequeme Wahrheit ist: Das wird nicht ohne Verzicht abgehen und dieser Umstand ängstigt viele Menschen.
Nehmen wir diesen Menschen die Angst.
Zeigen wir ihnen, dass sie nur gewinnen werden, wenn sie begreifen, dass weniger mehr ist.
Lieber Nils, du bist nicht umsonst gestorben, wir werden weiter kämpfen mit friedlichen Mitteln, mit Worten und Überzeugung."

Beifall unterbricht die Rede minutenlang. Die Ermordung Nils hat der erst kleinen Bewegung nicht geschadet, sondern vielmehr neue Sympathisanten zugetrieben.

Michael setzt seine Rede fort:

„Wer hat Nils Knudsen getötet?
Sie haben eine Frau gesehen, die auf Knudsen geschossen hat.

Deren Identität und Motiv hat die Polizei bislang nicht herausgefunden.
Augenscheinlich ist sie die Täterin. Dafür gibt es viele Zeugen.
Aber hat diese Person Knudsen tatsächlich getötet?
Ich sage euch, wer ihn wirklich getötet hat!"

Atemlose Stille in der Basilika.

„Der Hass hat ihn getötet. Der Hass auf alles und jeden.
Der Hass, der uns jeden Tag durch das Internet ins Haus gebracht wird.
Der Hass, den es schon immer gab, der schon viel Unheil über die Menschheit gebracht hat: Kriege, Vertreibung, Verfolgung und Völkermorde.
Er feiert neue Triumphe überall auf der Welt.
Er hat sich verbunden mit Respektlosigkeit und Profitgier.
Hass, Respektlosigkeit und Profitgier sind andere Worte für das Böse, auch genannt der Antichrist, der Teufel.
Hier in einem Tempel Gottes rufe ich euch auf: Kämpft, so wie ihr noch nie gekämpft habt; kämpft bis zu Eurem letzten Atemzug gegen den Hass und das Böse.
Seid wachsam, denn es schleicht sich in eure Seelen und versucht, von Euch Besitz zu ergreifen.
Ihr werdet fragen, wie können wir kämpfen gegen diesen übermächtigen Feind?

Ich sage es euch: Es steht schon geschrieben in der Bibel[41] *und viele Anwesende haben es bei ihrer Hochzeit gehört und wieder vergessen:*
Nun aber bleiben Glaube, Hoffnung, Liebe, diese drei. Aber die Liebe ist die größte unter ihnen.
Ihr fragt sicher: Wie soll ich Hass mit Liebe begegnen?
Macht ein Experiment.
Seid zu einem Menschen, der zu euch besonders unfreundlich ist, besonders freundlich.
Er wird sich fragen und vielleicht auch euch: „Warum sei ihr freundlich zu mir, wo ich doch so unfreundlich zu euch bin."
Und er wird sein Verhalten ändern.
Nutzt eure friedfertige Aura, um andere mit Friedfertigkeit anzustecken.
Versucht es in eurer nächsten Umgebung. Ihr werdet den Erfolg sehen.
Wer versucht, alleine die ganze Welt zu retten, wird sich übernehmen und resignieren. Ein jeder beginne in seinem Umfeld.
Friedfertig bedeutet nicht, dass ihr nicht für euer und unser gemeinsames Ziel, die Erhaltung der Schöpfung kämpft.
Friedfertig bedeutet fair, klar, ohne Hintergedanken und Arglist, konsequent aber mit einem

---

41 Brief des Paulus an die Korinther 13,13

Herzen voller Liebe, Glaube und Hoffnung und mit Worten zu agieren."

Weiter kommt Michael in seinem Vortrag nicht.
Ein Polizist nimmt ihm das Mikrofon ab und sagt:
„Räumen Sie bitte ohne Panik, geordnet und schnell die Kirche, beginnend mit der ersten Reihe, dann die zweite usw. Wir haben einen Bombenalarm."
Die Menschen verlassen, in der Mehrheit diszipliniert die Basilika. Niemand kommt zu Schaden.
Schnell zerstreut sich die Versammlung bis auf einen harten Kern, der sich aus Sicherheitsgründen zum Friedhof begibt.
Michael ist der Letzte, der ins Freie tritt und den Menschen folgt.
Derweil die Polizei die Bombe sucht, diskutieren die verbliebenen Aktivisten die nächsten Schritte.
Sie haben sich nicht einschüchtern lassen. Sie werden weitermachen.

Später erscheint der leitende Polizeibeamte und verkündet, dass die Sicherheitskräfte keine Bombe gefunden hätten. Die Basilika sei wieder freigegeben.
Ob der Anruf bei der Polizei ein blöder Scherz war oder eine gezielte Störung der Veranstaltung, müsse ermittelt werden.
Die Anwesenden setzen den unterbrochenen Gottesdienst mit einem gemeinsamen Gebet in der Basilika fort:
„Herr gib uns die Kraft, die wir brauchen!"

5.6. Konflikte[42]

Imken ist außer sich. Sie hatte die Pfarrwohnung geputzt und dabei Radio gehört. Beim gemeinsamen Mittagessen berichtet sie dem Pfarrer, Michael und
Udo (Häcker), was sie dort Ungeheures gehört hat:
Ein Vertreter der Fischindustrie hatte Michael einen Betrüger und Scharlatan genannt, der nur Unruhe stiftet und die Spenden, die die Bewegung erhält, in die eigene Tasche steckt.
„Du musst ihn unbedingt auf Unterlassung, Widerruf und Schmerzensgeld verklagen, Michael. Das darfst du nicht so im Raum stehen lassen.
Sonst wird die Presse das weiter verbreiten und manch einer hält das für die Wahrheit."
Bevor Michael dazu Stellung nimmt, erzählt die aufgewühlte Imken weiter:
„Und dann hat er Gott gelästert. Es gäbe keinen Schöpfergott. Die Bibel sei das Werk von Menschen, die es darauf angelegt hätten, mit aus dem Gilgamesch-Epos und anderen Quellen abgeschrieben Geschichten ihre Mitmenschen klein zu halten und zu beherrschen. Der ganze Glaube beruhe auf einem Schwindel. Es gäbe keinen Gott und kein auserwähltes Volk. Alle, die das anders sehen, sollten bitte mal erklären, warum dieser Hirtengott aus Vorderasien, der ursprünglich als Vulkangott und später als Fruchtbarkeitsgöttin verehrt worden sei,

42 Ostholstein, April 2019

die Juden, mit denen er angeblich einen Bund geschlossen hatte, nicht vor dem Holocaust gerettet hat.
Entweder sei Gott ein machtloser Popanz oder es gäbe ihn nicht."
Ich will nicht allen Unsinn, den der Mann erzählt hat, wiederholen. Nur eins ist wichtig, weil es die Fischerei und die Hochseeflotte betrifft.
Er, mit Namen Urs Fischerknecht, erklärte, dass die deutsche Hochseeflotte mit allen Schiffen ausgelaufen sei und ihre Arbeit in den Fanggründen aufgenommen habe. Ich zitiere: Der lächerliche Boykott dieses scheinheiligen Michael und seiner Anhänger liefe ins Leere. Der Bedarf an Fisch sei weltweit so hoch, dass der Fang mühelos auf andern Märkten abgesetzt werden könne.
Das Nachsehen hätten die deutschen Verbraucher, die gerne Qualitätsfisch essen.
Die könnten sich ja bei Michael dafür bedanken, dass dieser nicht mehr oder nur als Reimport zu überhöhten Preisen erhältlich sei.
Michael, bitte sag was!"
Der Angesprochene bleibt wie stets gelassen:
„Was die Beleidigung meiner Person betrifft: geschenkt!
Zur Verleumdung, wir würden Spenden zweckentfremden, werden wir eine Pressemitteilung herausgeben und die Prüfung der Finanzen durch einen Wirtschaftsprüfer veranlassen.
Soweit er unseren Schöpfer beleidigt hat, ist es nicht mehr erforderlich, tätig zu werden.
Die deutsche Hochseeflotte wird keinen einzigen Fisch ins Ausland verkaufen."

Pfarrer Gottwald, Imken und Udo schauen fragend zu Michael.
„Das mit der Pressemitteilung und dem Wirtschaftsprüfergutachten haben wir verstanden, den Rest nicht."
„Vertraut auf Gott und habt ein wenig Geduld. Bevor die Sonne zweimal Mal untergeht, werdet ihr verstehen."

Am Abend melden die Rundfunksender:
„Der Pressesprecher der Fischereiindustrie, Urs Fischerknecht, der in einem Interview am heutigen Morgen die Umweltbewegung um Michael Zimmermann heftig attackiert hatte, wurde auf dem Weg vom Funkhaus zu seinem PKW bei sonnigem heiteren Wetter von einem Blitz getroffen.
Er erlag vor Ort seinen Verletzungen.
Ein zufällig anwesendes Mitglied der von Urs Fischerknecht geschmähten Umweltbewegung, kommentierte das Ereignis mit drei Worten:
„Gott ist groß!"
Die Mitarbeiter des Verbandes trauern um ihren Kollegen."

Am nächsten Morgen berichtet der Rundfunk, dass im Atlantik schwere Seebeben registriert wurden.
Die Küstenländer seien in Alarmbereitschaft, weil nicht ausgeschlossen werden könne, dass Tsunamis besiedelte Gebiete erreichen.

Mittags wird gemeldet, dass Küstengebiete evakuiert werden, weil ein großer Unterwasservulkan ausgebrochen sei. Monsterwellen tobten durch den Atlantik.

Zu den im Seegebiet befindlichen Schiffen besteht kein Kontakt mehr. Flugzeuge werden ausgeschickt, um nach Schiffen und Schiffbrüchigen zu suchen.

Abends erfährt die Bevölkerung, dass keines der sieben Schiffe der deutschen Hochseeflotte gesichtet wurde. Auch von anderen Schiffen, die sich in dem Seegebiet aufgehalten hatten, gibt es keine Spur.

In den Spätnachrichten wird vermutet, dass alle im Seegebiet über dem Vulkan und in angrenzenden Gewässern befindlichen Schiffe Opfer der über 100 Meter hohen Monsterwellen geworden sind. Schiffe und Mannschaft gelten als verloren.

Am nächsten Morgen meldet die Seerettung, dass keine Hoffnung mehr bestehe, die Besatzungen der vermissten Schiffe zu retten. Alle Schiffe seien versunken und alle Seeleute ertrunken. Am Abend findet in der Basilika in Altenkrempe ein Gottesdienst statt, in der die Gemeinde für die Seelen der toten Seeleute betet.

Die öffentliche Meinung tendiert zu der Annahme, dass es einen Zusammenhang zwischen dem Tod des Pressesprechers und seinen Äußerungen im Interview gäbe.

5.7. Der Tod lauert immer und überall[43]

Imken ist zur Vorsitzenden des neu gegründeten Vereins zur Unterstützung des Kampfes gegen die Umweltzerstörung gewählt worden.
Sie geht in ihrer Arbeit auf. Heimlich ist sie in Udo (Häcker) verliebt, meint aber, dass jetzt nicht die Zeit für Liebeleien sei. Ihr geheimes Motto lautet: „Es gibt die Zeit zu lieben und es gibt die Zeit zu kämpfen. Es ist immer die Zeit zu beten!" Nach diesem Prinzip lebt sie. Ihre Zuneigung zu Udo äußert sich nur in der Weise, dass sie ihn in jedes Gebet einschließt. Imken träumt wenig oder vermag sich nie an ihre nächtlichen Träume zu erinnern.
Heute aber erwacht sie schweißnass und weinend. Sie hat im Traum Udo (Häcker) gesehen. Er liegt sterbend in einem Straßengraben. Sie sieht eine weitere Person, die ihn aus einem Auto heraus betrachtet, aber keine Hilfe leistet. Die Person schien sich über Udos Tod zu freuen. Das Gesicht verschwimmt.
Imken erinnert sich nach dem Aufwachen nicht an das Gesicht.

Beim gemeinsamen Frühstück mit Udo kämpft Imken hart mit sich:

---

43 Rund um Neustadt i.H., Mai 2019

Erzähle ich Udo von dem Traum oder spreche ich erst mit Pfarrer Gottwald über die Bedeutung das Traumes?
Sie entscheidet sich dafür, Udo nicht zu beunruhigen.

Pfarrer Gottwald ist zu einem Treffen der evangelischen Kirche Holsteins gereist und wird frühestens am nächsten Tag am Abend nach Altenkrempe zurückkehren.
Seine Gottesdienste und alle Gemeindeveranstaltungen in Altenkrempe sind überlaufen.
Alle übrigen Gemeinden in Schleswig-Holstein berichten von enormen Zulauf, seit von Altenkrempe die Botschaft ausgeht, dass die Kirche mit den Christen für die Erhaltung der Schöpfung aktiv kämpft. Dafür sorgt unter anderen Udo mit seinen Beiträgen in den sozialen Netzwerken.

Viele Menschen, die der Kirche den Rücken gekehrt hatten und ausgetreten waren, kehren zurück. Viele Ungetaufte lassen sich taufen.
Alte Menschen ändern ihr Testament zu Gunsten der Glaubensgemeinschaft.
Das überzeugt die kirchliche Hierarchie.
Die Kirche Holsteins wird aktive Partei im Kampf für die Rettung der Schöpfung.
Andere christliche Bekenntnisse ziehen nach.
In den Moscheen und Synagogen wird die Zerstörung der Umwelt ein wichtiges Thema.
Nur die mit Parteispenden ruhig gestellten Politiker halten sich zurück.

Zwar wiederholen sie ihre alten Allgemeinplätze. Gehandelt wird nicht.

Michael unternimmt heute einen Versuch, Udo zu motivieren, sich noch deutlicher und nachdrücklicher für ihren gemeinsamen Kampf einzusetzen.
Der zögert bislang, seinen Beamtenstatus aufzugeben und sich vollständig der Bewegung zu widmen.

Michael fährt zu Imkens Haus und findet Udo bei einer Internetrecherche über die Stellungnahmen der Parteien zur Umweltbewegung.
Die regierenden Parteien halten sich bedeckt. Nur die AfD biedert sich an mit der Behauptung, es sei eine urdeutsche Bewegung und nur der deutsche Mensch sei zur Rettung der Natur befähigt.
Michael und Udo sind empört. Sie weisen auf die bündische Jugend hin, die weder einer Partei noch einer Konfession zugehörig war und bereits 1933 von Hitler verboten wurde.
Sie sind sich einig, dass eine Mitgliedschaft in der AfD unvereinbar mit einem Engagement in der Umweltbewegung ist: „Von denen müssen wir Abstand halten."
Sie verabreden, einen Juristen zu befragen, wie sie den Unvereinbarkeits- Gedanken umsetzen.

„Aber jetzt lieber Udo genießen wir einmal die Natur an diesem herrlichen Frühlingstag. Nur wer die Natur kennt, wird sie lieben und beschützen."
Udo begrüßt den Vorschlag.

Er läuft nicht gerne allein durch die Gegend und freut sich, einen Mitwanderer zu haben.
Michael schlägt vor, dass sie einmal rund um das Neustädter Binnengewässer und das Naturschutzgebiet wandern.
Sie wenden sich beim Verlassen des Grundstücks nach rechts auf einen asphaltierten Feldweg, der zu dem Weg von Hasselburg nach Sierhagen führt.

Die ersten Meter wandern sie zügig und schweigend nebeneinander, dann spricht Michael Udo unvermittelt an:
„Du leidest. Du wirfst dir vor, die Liebe deines Lebens verraten und getötet zu haben. Du hast versucht diese schwere Last im Alkohol zu ertränken.
Deshalb sollst du wissen: Maria hat dir verziehen. Schon im Moment des Sterbens hat sie bedauert, auf dich mit dem Messer losgegangen zu sein.
Sie liebt dich immer noch. Dort wo sie ist, gibt es keinen Hass."
Udo ist verwirrt. Dieser Michael kennt seine geheimsten Alpträume.
Er schafft es, zu fragen: „Wo ist Maria denn?"
„Sie ist bei Gott. Gott ist die Liebe."
„Wieso kennst du meine Träume?"
„Gott sieht alles und kennt deine Gedanken und Träume. Gott erscheint den Menschen gerne in Träumen, um sie nicht zu erschrecken."
„Bist du Gott?"
„Ich bin ein Geschöpf Gottes. Ich bin sein Bote und Vollstrecker.
Ich verkörpere das Gute und vernichte das Böse.

Das Böse, auch Teufel genannt, ist mächtig, ein gigantischer Gegner. Das ist der Grund, warum ich auserwählte Menschen als Verbündete suche und gewinne.
Oft ergreift das Böse Besitz von den Menschen, die ihre Seele aus Macht- oder Profitgier verkaufen.
Du glaubst, Böses getan zu haben. Du leidest unter dieser Vorstellung .
Ich aber sage dir: Du hast reinen Herzens gehandelt. Wer instinktiv sein Leben verteidigt hat, den trifft keine Schuld. Die Menschen nennen das Notwehr.
Deine Handlung in Notwehr hat deine Liebe zu Maria nie beendet.
Liebe verzeiht alles. Liebe währt ewig.
Nie wieder wirst du Alpträume haben.
Ich verspreche dir: Nie wieder wird Alkohol dein Leben zerstören.
Nutze deine Kraft für den Sieg des Guten, bitte!“

Inzwischen haben die beiden Wanderer die Straße nach Sierhagen erreicht.
Sie folgen der Straße und kommen zu der kleinen Brücke, unter der der Forellenbach des Gutes Sierhagen fließt.
Udo (Häcker) bewegt sich wie in Trance. Während sein Verstand versucht, Michaels Worte einzuordnen, toben heftige Gefühle in seinem Herzen.
Sein Kleinhirn übernimmt das Kommando und sorgt dafür, dass er einen Fuß vor den anderen setzt.
Für seine Umgebung hat er keine Aufmerksamkeit.

So nimmt er nicht wahr, dass ein Geländewagen auf ihn frontal zufährt, obwohl er äußerst rechts am Rande der Fahrbahn läuft und das Fahrzeug mühelos an ihm vorbeifahren könnte. Ihm entgeht so, dass Michael, der wegen des Autos hinter ihn gegangen ist, ihn in letzter Sekunde packt und mit ihm in den Bach springt.

Das Auto streift die Begrenzung der Steinbrücke und schleudert zurück auf die Fahrbahn. Der Fahrer setzt seine Fahrt fort, ohne sich um Michael und Udo zu kümmern.

„Hast du Schmerzen Udo?"

„Nein", stammelt der verwirrte Udo. „Nein, alles ist gut!"

Stimmt nicht. Udo hat schon ein paar Schrammen und Abschürfungen, die bluten, aber keine inneren Verletzungen.

Bevor Michael die blutigen Wunden versorgt, tritt er auf die Straße und blickt in die Richtung, in die der Geländewagen verschwunden ist.

Er hebt beide Hände zum Himmel.

Dann kümmert er sich um Udo, der langsam realisiert, was passiert war.

„Das galt mir. Der Fahrer hatte es auf mich abgesehen!

Der kommt sicher zurück und versucht es ein zweites Mal."

Michael schüttelt den Kopf und sagt: „Hab keine Angst, die Fahrerin kann nicht mehr kommen. Sie ist in einer Kurve vor dem Gut Hasselburg wegen überhöhter Geschwindigkeit von der Straße abgekommen, gegen einen Baum geprallt und gestorben."

„Dann werden wir nie erfahren, wer mir nach dem Leben getrachtet hat, ein Mafiosi oder ein Gegner unserer Umweltbewegung."

„Weder noch!"

„Wer denn?"

Michael zögert erst, dann antwortet er:
„Das war die Frau des Apothekers Daverkausen. Sie hat erfahren, dass ihr Giftanschlag auf dich keinen Erfolg hatte und ein Unbeteiligter ums Leben gekommen ist. Sie ist uns zufällig begegnet, hat uns überholt und dich erkannt. Sie wendete in Sierhagen und kam zurück, um dich zu töten. Das Böse beherrschte ihr Herz."
„Hast du sie getötet?", stammelt Udo.
„Sie hat sich selbst gerichtet", antwortet Michael.

Die Wanderer setzen ihren Weg fort. In Sierhagen besuchen sie die alte Gärtnerei, die so angenehm anders ist als die üblichen Gartencenter.
Dann stärken sie sich in dem erst kürzlich aus dem Winterschlaf wieder erwachten Palmencafé mit Kaffe und Kuchen. Udos Hand zittert, wenn er die Tasse oder die Gabel zum Mund führt.
Auf dem weiteren Weg durch Wald und Feld und durch Neustadt denkt Udo über sein Leben laut nach und dass er heute eine neue Chance bekommen hatte: „Bleibe ich Kriminalhauptkommissar Häcker bis zu meiner Pensionierung, um dann auf den Tod zu warten oder traue ich mich zu leben."
Angekommen in Altenkrempe im Pfarrhaus, kündigt Udo an, seinen Beamtenstatus aufzugeben und sich ganz dem Kampf für die Erhaltung der Schöpfung zu widmen.
Michael hatte das erwartet.
Imken verliert die Beherrschung, fällt Udo um den Hals und küsst ihn auf den Mund.
Udo ist in diesem Moment nicht so weit, den Kuss zu erwidern. Aber er registriert ein angenehmes Gefühl, das ausbaufähig ist.

5.8. Die grosse Demonstration[44]

Michael und die Aktivisten der neuen Umweltbewegung warten vergeblich auf Unterstützung durch die Politik.
Echte Fortschritte lassen sich nur überregional erzielen. Das Thema Fangquoten zeigt dies deutlich. Ohne internationale Absprachen und Kontrollen kann dem Artensterben nicht wirksam entgegengetreten werden.
Aber es bedarf eines Anfanges.
Die Bewohner Schleswig-Holsteins warten auf ihre Landesregierung.
Die duckt sich weg. Keine der im Landtag vertretenen Parteien schlägt sich auf die Seite der Umweltbewegung.
Nur die AfD signalisiert Zustimmung und verspricht Unterstützung. Deren Hintergedanken sind aber offensichtlich.
Michael und der engere Kreis um ihn fürchten immer noch, dass die AfD sie vereinnahmen und für eigene Zwecke missbrauchen will.
Er warnt mehrfach vor dem Sympathisieren mit einer Partei, vor allem aber vor der Kooperation mit einer Partei, die von den übrigen Parteien als nicht koalitionsfähig angesehen wird und gegen die sich andere Parteien durch eine „Brandmauer" abgrenzen.
Vor allem auf europäischer Ebene, sagt Michael, ist ein Zusammengehen mit rechtsextremen Kräften kontraproduktiv und führt zum Scheitern des Projektes: „Rettet die Schöpfung."

---

44 Schleswig-Holstein, Juni 2019

Da nichts geschieht, wird beschlossen eine Großdemonstration in Form eines Sternmarsches in die Landeshauptstadt Kiel zum Sitz der Regierung im Landeshaus zu organisieren.
Udo weist auf das geltende Versammlungsrecht hin, wonach Demonstrationen mindestens 48 Stunden vor Beginn anzumelden sind.
Die Behörde ist berechtigt, Auflagen zu erteilen oder wenn die öffentliche Sicherheit und Ordnung gefährdet ist, eine Demonstration zu verbieten.
Dann entscheiden die Gerichte.
Ein Rechtsanwalt aus Neustadt, der die Bewegung unterstützt, erklärt, dass Eil- und Spontandemonstrationen ohne Anmeldung zulässig sind.
Erforderlich ist ein Ereignis oder eine politische Entscheidung, auf die spontan reagiert wird.
Einige sagen:
„Ohne ein gewisses Maß an zivilem Ungehorsam wird die Bewegung nichts erreichen."

Andere betonen, dass es, um Fortschritte zu erzielen, wichtig sei, die Gesetze einzuhalten.
Michael pflichtet dieser Auffassung bei, merkt jedoch an, dass die Bewegung kreativ agieren müsse.
Die Mehrheit folgt ihm.
Die Bewegung ist inzwischen gut organisiert und aufgeteilt in regionale Gruppen. Diese Gruppen haben eine Landesvertretung gewählt, in der die Initiatoren Michael, Imken, Udo und Pfarrer Gottwald Sitz und Stimme haben.

Untereinander sind alle bestens vernetzt, so dass spontane Aktionen möglich sind. Dies gilt grenzüberschreitend, denn auch im südlichen Teil Dänemarks gibt es organisierte Gruppen.
In der Landesvertretung wird beschlossen, der Landesregierung ein Ultimatum zu setzen:
Die Landesregierung wird aufgefordert, dafür Sorge zu tragen, dass die Aussetzung der Fangquoten und das Verbot der Schleppnetzfischerei auf der nächsten Sitzung des Bundesrates innerhalb der Tagesordnung behandelt wird.
Sie wird aufgefordert, für die Aussetzung und das Verbot zu stimmen.
Die Reaktion lässt nicht lange auf sich warten.
In einer Regierungserklärung belehrt die Landesregierung den Landesverband von oben herab über die Spielregeln in einer repräsentativen Demokratie und dass sie keineswegs bereit sei, dem Ansinnen zu folgen.

Die Regierungserklärung wird vom Regierungssprecher im öffentlichen Fernsehen verlesen.
Sie ist das erwartete Startzeichen.
Am nächsten Morgen brechen mehrere zehntausend Spontan-Demonstranten nach Kiel auf, zum Sitz der Landesregierung im Dusternbrooker Weg 104.
Sie reisen per Bahn, Bus, PKW, Motorrad an und diejenigen, die in Kiel oder in der Nähe wohnen zu Fuß oder mit dem Fahrrad. Selbst auf der Förde nähern sich Demonstranten auf Segelbooten, Motorbooten, Ruderbooten und Kajaks dem Landeshaus.

Die Polizei ist völlig überrascht und überfordert. Sie versucht, mit schwachen Kräften das Eindringen der Demonstranten in die Bannmeile rund um das Landeshaus zu verhindern.
Die vielen Gruppen kommen unorganisiert und ohne gemeinsame Leitung, so dass der Polizei ein Ansprechpartner fehlt.

Schnell haben die Demonstranten die Landesregierung und etwa zwei Bereitschaftzüge der Polizei eingekreist.
Obwohl die Demonstration völlig friedlich verläuft und die Demonstranten circa 150 Meter Abstand zur Polizei halten und nicht weiter vordringen, verliert die Polizeiführung die Nerven. Sie setzen Reizgas ein. Die Demonstranten ziehen sich hundert Meter zurück, nur Michael bleibt unbeeindruckt in den Reizgasschwaden an seinem Platz stehen.
Der Einsatzleiter sieht in ihm den Rädelsführer und befiehlt, ihn aufzugreifen.
Zwei besonders gewaltbereite Polizisten stürmen auf Michael mit ihren Schlagstöcken zu, um ihn niederzuschlagen. Sie heben ihre Schlagarme, um auszuholen. Ihre Arme erstarren. Krämpfe erschüttern ihre Körper. Sie sinken vor Michael zu Boden.
Darauf folgt der Befehl, mit Gummigeschossen auf Michael zu schießen.
Die Geschosse prallen von ihm ab, als würde er mit Watte beworfen.
Michael geht auf die Polizeikette zu. Der Einsatzleiter setzt seinen letzten Trumpf ein. Kurz bevor Michael die erste Reihe der Polizisten erreicht, setzt er einen Taser ein. Er selbst zielt auf Michael, drückt ab und windet sich getroffen am Boden.

Die Polizisten weichen vor Michael und seinen vermeintlich übernatürlichen Kräften zurück. Der strebt zügig aber ohne Eile auf den Eingang des Landeshauses zu.
Udo hat den Vorfall genau beobachtet. Er denkt, die Polizei habe Michael durchgelassen, um ihn hinter ihren Reihen festzunehmen.
Mit dem Schrei: „Wir sind das Volk!“, stürmt er los, Zehntausende folgen.
Die Polizei wird überrannt, abgedrängt, mitgerissen und entwaffnet.
Glücklicherweise macht kein Polizist von seiner Schusswaffe Gebrauch, so dass es auf beiden Seiten nicht zu Verletzten oder gar Toten kommt.
Vor dem Gebäude gebietet Michael mit einer einfachen Geste den Massen anzuhalten. Niemand stürmt das Gebäude.
Den im Gebäude befindliche Wachleuten bedeutet er, dass er nur gekommen sei, um ein Gespräch mit dem Ministerpräsidenten zu führen. Dann werde er wieder fortgehen.
Die eingeschüchterten Wachleute geben den Wunsch weiter.
Das Kabinett berät.
Markige Worte fallen: „Niemals werden wir dem Druck der Straße nachgeben.“
Der Ministerpräsident ergreift das Wort:
„Wir, die demokratschen Parteien haben die Wahl, die Umweltbewegung der AfD zu überlassen oder uns mit der Bewegung zu solidarisieren.
Da draußen stehen keine Terroristen, sondern unsere besorgten Wähler.

Ich rate dringend, dass wir mit denen zusammenarbeiten. Damit erhalten wir gleichzeitig die Kontrolle zurück.
Wir sagen zu, dass wir das Thema Fangquoten und Schleppnetze in den Bundesrat bringen und wie gewünscht abstimmen."

Alle stimmen zu.
Die Situation ist zu bedrohlich, um weiter kleinlich zu diskutieren.
Die Aussicht auf weitere Wählerstimmen ist zu verlockend, um sich die Gelegenheit, das Image eines Umweltfreundes anzunehmen, entgehen zu lassen.
Das Gespräch im Foyer zwischen Michael und dem Ministerpräsidenten, assistiert vom Innenminister, verläuft sachlich ruhig.
Michael sagt, dass er darauf vertraut, dass die Zusage eingehalten wird und verspricht, dass sich die Demonstration unverzüglich auflösen wird.
Der Innenminister besteht darauf, dass die den Polizisten entwendeten Schusswaffen sofort zurückgegeben werden.
Michael wird sich für die Rückgabe einsetzen. Er ist optimistisch, dass die Umweltaktivisten seiner Aufforderung nachkommen werden.
Wer durch Schlagstöcke, Gummigeschosse und Taser nicht zu stoppen ist, dem traut man auch zu, die Rückgabe von Schusswaffen erfolgreich zu organisieren.
Dafür solle der Innenminister dafür sorgen, dass alle Teilnehmer an der Demonstration und am Sturm in die Bannmeile straffrei bleiben. Der verspricht die Staatsanwaltschaft entsprechend anzuweisen. Damit ist das Gespräch beendet.

Vor dem Landeshaus erhält Michael von einem Demonstranten einen Lautsprecher.
Er berichtet über das Gespräch und fordert die Demonstranten auf, die Waffen zu seinen Händen zurückzugeben und sich zurückzuziehen.
Das Ziel der Demonstration sei erreicht, die Landesregierung und die demokratischen Parteien, ständen endlich auf ihrer Seite.
Schleswig-Holstein, das Land und seine gewählten Vertreter stehen ab sofort für die Rettung der Schöpfung ein.
Nun gelte es ganz Deutschland für den Kampf zu gewinnen und das betreffe nicht nur das Thema Fischfang, sondern auch den Klimaschutz, die Verseuchung der Böden und des Trinkwassers und ein nachhaltiges Wirtschaften mit konsequentem Recycling.

Einige Stunden später ist der Alltag in Kiel zurückgekehrt.
Nun wird sich der Alltag allmählich verändern und der Konsumrausch und die Überproduktion werden, wenn auch nicht von einem Tag zum anderen, von einem nachhaltigen Wirtschaften im privaten Bereich wie in der Industrie abgelöst.

Einige Tage später nimmt Michael in Altenkrempe Abschied von seinen Mitstreitern:
„Meine Mission hier ist erfüllt. Schritt für Schritt setzt sich das neue Bewusstsein für das Erfordernis, die Schöpfung zu retten, in alltägliches Handeln um.
Jetzt tragt ihr die Verantwortung. Ihr seid stark und werdet es schaffen, unsere Themen hier vor Ort weiter voranzubringen.

Ich werde ebenfalls weiter kämpfen, mit anderen Auserwählten in einem anderen Land, denn das Problem ist global.
Ich bleibe euch verbunden.
Lest die Presse, schaut ins Internet, dann erfahrt ihr, wo ich meinen Kampf fortsetzte.
Bei Rückschlägen und Zweifeln, redet mit mir im Gebet.
Ich segne euch und alle Kämpfer für die Erhaltung der Schöpfung im Namen und mit der Vollmacht unseres Schöpfers.
Und jetzt gehe ich fort, so wie ich gekommen bin."
Michael begibt sich allein zum Grab von Imkens Oma und verschwindet so geheimnisvoll, wie er erschienen ist.
Imken, Udo(Häcker) und Pfarrer Gottwald empfinden keine Trauer.
Ihre Herzen sind voller Zuversicht und sie sind der festen Überzeugung, dass Michael immer unter ihnen ist, unabhängig davon, dass sie ihn nicht mehr sehen.
Nur sein göttliches Orgelspiel vermissen sie und alle anderen Besucher der Basilika Altenkrempe sehr.

Ein Jahr später heiraten Imken und Udo und der ehemalige Hauptkommissar mit den verschiedenen Decknamen entscheidet sich für einen letzten Namen, mit dem er eines Tages beerdigt wird:
Er nimmt den Familiennamen seiner Frau Imken an und heißt nach dem Verlassen des Standesamtes: Udo Hein.

ENDE

Orte der Handlung

Stichworte

Gerd Raguß

Shaker Media

ISBN 978-3-95631-609-8

205 Seiten

Deutsch

Paperback

21 x 14,8 cm

13,90 EUR

Elke - Schicksal oder Liebe?

Es begann auf Baltrum

Elke und Carl verlieben sich auf Baltrum und planen eine gemeinsame Zukunft. Ihr Schicksal hat diese nicht vorgesehen. Jahre später stehen sie sich als Konkurrenten in einer Anwaltssozietät gegenüber; die einzige Gemeinsamkeit: ihr Interesse an Pferden. Erkennen sie sich selbst und ihre Stärken oder ergeben sie sich dem Schicksal? Wer führt ein selbstbestimmtes Leben und was können Pferde uns geben?

Gerd Raguß

Shaker Media
ISBN 978-3-95631-674-6
173 Seiten
Deutsch
Paperback
21 x 14,8 cm
13,90 EUR

Was geschah mit Michelle?

Glaube, Liebe, Hoffnung

Claus, ein junger Leutnant begegnet bei einem Besuch der Patengemeinde seiner Kompanie im Festzelt der Tochter eines Bremer Unternehmers, Michelle, die ihre Großmutter, die Konsulin Jansen besucht. Die attraktive Michelle studiert Jura und verbringt ihre Freizeit mit Segeln, Tennis und Tanzen. Der sonst so forsche Claus steht seiner Traumfrau gegenüber und hat keinen Plan, wie er ihr näher kommen kann. Die Konsulin, deren Mann als Jagdflieger gefallen ist, hilft dem scheinbar schüchternen Leutnant. Während Claus in der Kaserne von Michelle träumt, kommt ihm ein Freund von Michelle mit einem Heiratsantrag zuvor. Sie lehnt ab und beginnt eine Beziehung mit Claus. Als Claus kurz nach Bekanntgabe der Verlobung mit Michelle ins Manöver zieht, verschwindet Michelle. Die Ermittlungsbehörden beginnen ihre schwierige Arbeit, denn es gibt keine Erpresserbriefe, aber einige Verdächtige. Die Zeit vergeht und mit ihr der Glaube und die Hoffnung, Michelle lebend wieder zu sehen. Claus und Michelles Vater werden aus Liebe zu Michelle niemals aufgeben. Werden sie Michelle finden und wenn ja, lebt sie noch?

Gerd Raguß

Shaker Media
ISBN 978-3-95631-850-4
214 Seiten
Deutsch
Paperback
21 x 14,8 cm
13,90 EUR

Liebe und Verbrechen

Arnulf und die gefährliche Neugier der Aurea Schneider

Stell dir vor, dass du deine große Liebe gefunden hast und dass sie dir von brutalen Verbrechern genommen wird.

Wirst du zum Täter?

Findest du eine neue Liebe?

Arnulf Kraß kämpft sich durch sein Schicksal.
Zerstört am Ende die Neugier der Aurea Schneider sein Leben?

Gerd Raguß

Shaker Media

ISBN 978-3-95631-853-5

265 Seiten

Deutsch

Paperback

21 x 14,8 cm

13,90 EUR

Lea

Mobbing Intrigen Erpressung

Lea ist die Tochter des Vorstandsvorsitzenden der B+N Versicherung AG, die vieles ausprobiert, aber noch nicht herausgefunden hat, was sie eigentlich mit ihrem Leben anfangen will. Sie möchte sich von den Eltern lösen, wird von diesen aber immer wieder "eingefangen". Rolf hingegen verfolgt strebsam sein Ziel, durch Fleiß und Einsatz im Beruf sozial aufzusteigen. Als er erlebt, wie sein Vorgesetzter eine Kollegin mit Mobbing aus dem Arbeitsverhältnis drängt, ergreift er deren Partei. Als er ihr nicht helfen kann, entschließt er sich, die Methoden des Vorgesetzten zu kopieren und gegen diesen einzusetzen.
Der Erfolg lässt seine Bedenken verschwinden. Er wird für seine Vorgesetzten und Konkurrenten ein gefährlicher Gegner.
Lea und Rolf prallen in einer Konfliktsituation aufeinander, mit der Folge, dass sich Rolf im Gefängnis wiederfindet.
Ist er unschuldig oder hat er die letzten Skrupel abgelegt? Als alles klar scheint, geschieht ein Verbrechen.